公元787年，唐封疆大吏马总集诸子精华，编著成《意林》一书6卷，流传至今

意林： 始于公元787年，距今1200余年

青春最美，梦想出发

中国式好看轻小说优鲜品牌

意林轻文库 绘梦古风系列 040

雁妃传奇（二）妃嫁

西西东东/著

YanFei ChuanQi Er FeiJia

北方妇女儿童出版社

·长春·

图书在版编目（CIP）数据

赝妃传奇.2,妃嫁/西西东东著.--长春：北方妇女儿童出版社,2017.10
（意林·轻文库.绘梦古风系列）
ISBN 978-7-5585-1648-1

Ⅰ.①赝… Ⅱ.①西… Ⅲ.①长篇小说-中国-当代 Ⅳ.①I247.5

中国版本图书馆 CIP 数据核字 (2017) 第 242976 号

赝妃传奇（二）妃嫁
YANFEI CHUANQI(ER)FEIJIA

著　　者	西西东东
出 版 人	刘　刚
总 策 划	安　雅　张　星
特约策划	师晓晖
责任编辑	吴　强　周　丹
图书统筹	鹿鸣昔
特约编辑	崔馨予
绘　　图	天　吟
书籍装帧	胡静梅
美术编辑	张云丽
作家经纪	卢晓凤
开　　本	700mm×1000mm　1/16
字　　数	300千字
印　　张	11.5
版　　次	2017年10月第1版
印　　次	2017年10月第1次印刷
印　　刷	北京市兆成印刷有限责任公司
出　　版	北方妇女儿童出版社
发　　行	北方妇女儿童出版社
地　　址	长春市人民大街4646号
	邮编：130021
电　　话	0431-85678573
定　　价	25.00

版权所有　侵权必究

如发现印装质量问题，请与印务部联系退换，电话：010-51908584

目录

章节	标题	页码
第六章	真假青梅	001
第七章	真假皇子	031
第八章	真假情逝	077
第九章	真假公主	107
第十章	真假妃嫁	159

第六章 真假青梅

（一）重游

后宫变故，淑妃一身红裙从摘星阁跳下，当场身亡，但御林军搜出一封无头无尾只有一句话的信，上书"日日思君念君故，七月十五，子时"，时间地点都与御林军发现淑妃时相符，但经验校，并非是淑妃的字迹。

于是各种传闻纷起，有人说是淑妃欲与男子私奔，不料被人发现，情急之下奔向摘星阁，纵身跳下；有人说从淑妃有孕，到最后那封私会的信，都是遭人陷害，最后不得不效仿十八年前华贵妃从摘星阁跳下，证明自己的清白；也有人说淑妃与人私通有孕，自知无颜面对洛家上下，欲掩盖真相，私造了那封信，再跳楼为洛家脱罪。

事情到底如何，没有人证物证，更重要的是死无对证，下不了定论。

一时间，洛秋容，乃至洛家上下，都成了商洛百姓茶余饭后的谈资。许多有眼色的人都称洛家百年来首次出仕，未必能在官场游刃有余，如今又受此事影响，恐怕也如柳家一般，再不复往日风光。

再有些心思剔透的谈及此事只笑而不语，最多叹一句，少年天子不可小觑啊，洛家长女也非好与之辈。

淑妃不在，裴昭仪也跟着失了颜色，皇帝心系政事，甚少出入后宫。但皇嗣匮乏，后位空虚并非什么好事，朝廷频频有官员进言，虽说秀女三年一选，也可酌情更改制度，特别是空置的后位，当初先皇刚去，皇帝悲痛不愿大婚，时过两年，国不可一日无母。

选秀女事小，选皇后，可是举国上下都瞪眼盯着的。

皇帝尚是太子时，便将太子妃位许给了前丞相之女柳湄，奈何突生意外，既然柳湄已不在人世，众人猜测后位必属洛氏女子，哪知最后淑妃竟是那么个结果。

朝上大臣虽频频提起，商少君并未明确表态，是以，这件事从初秋拖到了初春，再过半年便是祖制的选秀之期，也无人再多言。

这一年刚刚过去的冬日不出所料的冷，初春时节，仍旧不时地下一两场小雪。

"不行！你必须把这个穿上！"碧朱拿着一件小夹袄，叉腰皱眉道，"外头那么冷，你冻坏了可怎么办！"

白穆无奈地望了望窗外："今日并未下雪，而且勤政殿可比朱雀宫还暖。"

碧朱不依不饶："不行！前日你不听我的，回来就咳嗽了半宿。勤政殿太暖，你

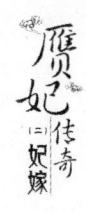

就把它脱了呗。"

白穆面上一红，嗔声。

碧朱打量了她一眼，笑嘻嘻道："你不会还跟皇上不好意思吧？都老夫老妻了……"

"去你的……"白穆狠狠地剜了她一眼，拿过夹袄便去了里间换衣服。

正午时分，一身宫女装扮的白穆默默出了朱雀宫。

碧朱站在门口望着她的背影，一面笑着一面摇头：啧啧啧啧，从前是皇上傍晚偷偷来朱雀宫看阿穆，如今皇上太忙，阿穆便扮作宫女偷偷前往勤政殿，这两个人要不要这么有情调啊？

这年冬日大雪连绵，商洛又较为偏北，许多地区饱受雪灾之苦，直至初春，仍旧有不少灾民大规模往南部迁移避难。

商少君为此，已经连续大半个月就直接歇息在勤政殿。

白穆进去的时候，商少君难得不在批阅奏折，而是站在书桌前，提笔画着什么。白穆还未走近便伸脖子瞧了瞧："你……在画画？"

白穆的声音里带了笑意，尽管并不明显。商少君抬头睨了白穆一眼，扬眉道："你在取笑朕？"

"我可不敢。"白穆揶揄道。

商少君不擅作画，很久以前她便知道，曾经他送来讨好她的"一对熊掌"，第二日被碧朱嘲笑了好久，逼着她问到底是不是她画的，怎能画得那样难看。

白穆凑过去，想看看商少君在画什么，却被他阻住道："就在那儿坐着看会儿书，别过来。"

商少君指着白穆向来喜欢的矮榻。白穆讪讪地停住脚步，转而坐到矮榻上拿了本书看起来。

约莫过了半个时辰，她才再听见商少君的声音。

"好了，你过来瞧瞧。"

白穆饶有兴致地起身，一眼望去，净白的宣纸上，只有她一个人跃然纸上，微微垂首，专注看着什么，双手的姿势是捧着什么，可偏偏手上空空如也。

商少君竟能画出一幅像样的画，而且不只是像样，可以说得上是栩栩如生，虽然有些地方很是怪异。

白穆按捺住惊奇，只问道："这不正是我在矮榻上看书的模样？矮榻呢？我凭空坐着不成？"

商少君蹙眉摇头："朕愚钝，画不来。"

"那书呢？你连我这样大的人都画得出来，不会一本书都不会画吧？"

商少君仍是摇头："朕愚钝，画不来。"

白穆睨了他一眼："皇上这是戏弄臣妾呢。"

商少君笑着从身后抱住她，手臂揽过她的腰肢，温热的鼻息喷在她脖间，笑道："岂敢。当真是朕愚钝，不得入心者，不得诉之笔端。"

白穆的眼帘微微一颤，心头便像是被浮柳划过的春水，涟漪般圈圈荡开。她推开他的手面上带笑，一边回到矮榻上，一边道："你还真是越来越会说话了。"

"朕只说阿穆爱听的话。"商少君笑容温和，目不转睛地盯着白穆的身影。

白穆剜了他一眼，低头看书，半张脸都埋在毛领子里，透着微微的粉红色。

"阿穆，我们再去一次沥山如何？"商少君突然问道。

白穆看着书，漫不经心道："为何？"

商少君并非贪玩之人，去年冬日沥山之行，后来想想，他必然是在那个时候与柳行云串通好对付柳轼。

这次又去沥山，也不知他有着什么打算。

"朕想借机去灾区瞧瞧。"商少君随手打开本折子，道，"朝廷派去的人力不少，花的银子不少，时至初春，暴雪不再，何以那些灾民还是大批拥往南方？"

白穆托腮想了想："沥山虽偏北，但周围环境较好，并未受灾，去了也瞧不出个所以然来。"

"所以朕说借机。"商少君无奈地扬了扬眉，道，"朝中那群老头子，朕若直接说去灾区，必然各个小题大做，胆战心惊地说什么龙体要紧，国不可一日无君。"

白穆撇了撇嘴。

虽然柳家和洛家的势力大为削弱，保皇派一时间风头乍起，但为首的都是些思想守旧的老臣，拥护皇权，却未必支持商少君所有的想法。

商少君登基的时日毕竟还短，还未来得及培植真正属于自己的势力。

"你带我去？"白穆眨眼道。

"你愿意留在宫里？"商少君侧目，笑望着她。

白穆当然不愿意，只是她若去了，贤妃复宠，朝里那些个大臣看见皇帝尽宠些没身份没地位的女子，又该啰唆选秀立后的事了。

"朕身为一国之主，出行带个把宫女还是惹不来非议的。"商少君似乎看透了她

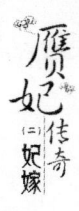

的想法,一边翻着奏折一边笑道。

"那带两名如何?"

阿碧好久没出宫了呢。

"碧朱是朱雀宫的宫女,人人都认得,不行。"商少君摇头道。

白穆失望地撇了撇嘴。

"罢了罢了,你说带便带,都依你。"商少君笑着睨她一眼,并不掩饰眸中的宠溺。

白穆眉眼一弯,起身道:"我去给你拿些点心。"

平成三年三月初三,昭成帝再次出行沥山,随行者有御林军总领裴瑜、尚书殷明、少尉冯晋。

此行声势不及上次,但此行之后,无论朝廷或是后宫,皆风起云涌。

（二）难民

这次抵达沥山，比白穆印象中快，一路快马加鞭也不觉得累，扮作商少君新提拔的贴身宫女虽让不少人眼红，却也无人敢欺。商少君也不让她吹风受凉，除了如厕、用膳，偶尔遇上客栈歇脚，都只让她待在马车内。

马车上看书眼睛总会有些不适，于是她一整日里有大半的时间裹着狐裘睡觉。以至于到了沥山的第一个夜晚便无论如何都睡不着了。

她既冒充商少君的贴身宫女，必然是要随身伺候着，夜晚也是一样，不过她当然不会是躺在外间的榻上。

白穆轻轻翻了两次身，便发现商少君已经醒了，眨了眨眼，看着他。

"睡不着？"商少君拂开她脸颊上的散发。

白穆点头。

商少君笑了笑便起身。

"你不用管我，自己歇着就是。"白穆跟着坐起来，看他穿着亵衣在衣柜里翻腾，也不知想找些什么，将衣物扔了一地。

"这件较为合适。"商少君低语了一句，扯出一件长袍便自行更衣。

白穆在一旁看着，默默地窘了一窘。

还是和从前一样，自己穿个衣服都很是糊涂。

从前她当真以为他是傻的，否则怎么会连穿衣这样简单的事情都不会。后来她以为他患了失忆之症，连如何穿衣都忘得一干二净。如今她才明白，不是傻也不是忘，而是自小到大都不曾做过，这样的小事也不曾放在心上，自然不会穿了。

白穆对他没有章法的动作无奈地摇了摇头，下榻替他穿衣。

虽然许久都轮不到她来做这些事，白穆的动作仍旧熟练。她太过熟悉了，他的身形，他的习惯，熟悉到闭着眼都能给他整理好衣襟。

她的手理过领角的时候，突然被握住。

商少君目光灼灼地望着她，低笑道："得妻如此，夫复何求。"

白穆睨他一眼，抽开手背过身去，道："这么晚穿得这样整齐，你要出去？"

"你也一样。"商少君说着，便将一件长袍替白穆披上。

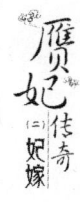

白穆疑惑地回头。

商少君刮了刮她的鼻头:"不是说好借机出去走走?"

白穆一面穿着衣服,一面低声道:"我们就这样走?倘若……"

"朕吩咐过了陵安,这几日无论谁来,都说朕在休息。"

白穆仍旧不太确定,这样偷偷跑出去,若是被发现了,必定闹得人心惶惶,传回朝中更是不知会掀起怎样的轩然大波。

"朕已经半年不曾踏足后宫,好不容易闲下来贪恋红烛帐暖软玉温香,缠绵几个日夜他们也不忍打扰吧?"商少君眼底噙着揶揄的笑意。

白穆面颊一红,还未反应过来便被他牵着手出了行宫。

北方连绵大雪,冻死的贫民不计其数,即便是富足一些的人家,后期也因为交通不便、资源匮乏而只能艰难地维系最简单的吃穿用度。几场雪后,不少人家熬不过寒冷,举家迁移,但大雪一场接着一场,路有冻死骨已然司空见惯。

商少君只带着白穆一个人,雇了辆马车,经过好几个小镇都已是空城,但一路陆续见到有人举家迁回,到了边境卞城情况便更好,比想象中热闹许多。

白穆望着马车外所剩无几的积雪,卞城中人来人往,轻声道:"倒不似你说的那样严重,天气再暖一些,说不定会有更多人回来。"

商洛遇到雪灾的时候实为少数,北方阳光虽较少,土地却格外富饶,种出的粮食少而精,卖出的价格相当可观。此前商少君担心灾民南迁便不再回来,浪费了土地不说,边境土地肥沃却人烟稀少,极容易让邻国觊觎。

商少君眯眼看着车外,摇头笑道:"还真是有意思,你再想想,事情可像表面那样简单?"

白穆凝眉。

从商少君开始为大批灾民不停向南迁移感到担心,到他们抵达沥山,算上朝廷消息的延迟时间,也就是半个月的时间。

半个月前灾民们还在汹涌地南移,半个月后那种现象迅速消失,且迁移出去的人陆续返乡。

白穆心中一亮,道:"若非实在无路可走,他们也不会举家迁移,既然决定走了,便不会轻易回来。而且,雪灾刚过,他们南移已是困难,不该这么快便有多余的心思和银钱返乡……"

第六章 真假青梅

"走，我们下去看看。"

商少君率先下了马车，再伸手将白穆抱下。

两个人再次扮作普通夫妻，在商贾往来频繁的卞城，并不打眼。稍作休息后有默契地穿梭在各个酒楼茶馆间，很快便摸清了近来民间最为热门的几个话题。

一个自然是雪灾。

一个是南迁和北回。

还有一个，桑姑娘。

"你快去联系你家里的老九，让他快些回来！回来之前记得去桑姑娘那里登个记，便可以领一大笔银钱。"

"桑姑娘真是大善人啊，月前若非她出资让百姓南迁，不知还有多少人冻死在自个儿家里！现下又给银两让大家返乡，真是观世音菩萨现世啊！"

"只是这桑姑娘到底何许人？"

"人家大姑娘，怎会抛头露面？咱们就别瞎打听了！"

听多了人们的议论，再与人套近乎问问话，不难了解到，百姓嘴里的"桑姑娘"，在雪灾的时候送上银两，出钱出力帮不少人南迁过，如今天气好转，积雪融化，眼看到了春耕的日子，又出银子送他们回来，还称会补偿他们在雪灾中所有的损失。

白穆瞥了瞥商少君越来越深的笑容。与他处的时日长了，她能敏锐地察觉到他何时的笑容是喜，何时的笑容是怒。

此时那笑容里，显然是带着怒意的。

也是，那桑姑娘明面上是出资让百姓避难，再送他们返乡，甚至不计回报地赔偿他们的损失，实际上呢？以安抚灾民为借口，租下他们并不知明年会收成如何的地，短的三年，长的五年、十年都有。

百姓们大难刚过，正缺银子，又不笃定明年是否会再遇见这样的大雪，自然对她感恩戴德。若她进行得顺利，恐怕这北方大部分的富饶土地都被她收入囊中了。

而商少君身在朝堂，竟从未听闻此人此事，不怒才怪。

"这便是朝廷那帮老头子干的好事。"明明是咬牙切齿的话，商少君说出时却笑得春风一般。

不仅是在商洛，其他四国也是一样，商人总是因为满身"铜臭"被人瞧不起。朝中那群保皇派，思想迂腐，只管准时保量地收税，恐怕是对民间这肆无忌惮地收买人心、租让土地视而不见。

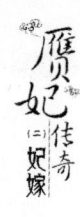

至于柳行云和洛翎……

这两个不可能看不透其中猫腻的人都一声不吭,那横空出现的桑姑娘,也不知是不是受其中一人指使。

白穆撇了撇嘴,垂首吃饭。

其实这些家国大事,从前她压根不懂,现在略懂一些,以商少君的心思,也轮不上她来说话。

果然,用过膳,商少君便带她找了间客栈,将她安置在房内,揉着她的发,柔声道:"你一夜未睡,也该歇息歇息了,我出去办点儿事,傍晚便回来可好?"

白穆愣了一愣。

这半年来商少君虽待她好,毕竟是在宫里,各种礼数要守,他一说"朕",再温柔的话语,也与现在的感觉不一样。

白穆乖巧地点了点头,商少君笑了笑便转身欲要离开。

"等等。"

白穆拉住他的手,面带笑容缓步走过去,抬手替他理了理领口,又整理了一下腰间的束带,才放开他。

商少君眉眼一弯,笑意便潺潺流水般从眼底溢出,弯腰将她抱了个满怀。

"等我。"

"嗯。"

商少君说的也不错,白穆一夜未眠,的确困乏了,躺在榻上便沉沉睡去。待她醒来,一抹斜阳正好透过窗棂打在床头,明媚而温暖。

白穆彻底清醒过来才发现自己是被一阵哄闹声吵醒的,尽管门窗关得严实,她仍旧听得清楚街道上喝彩和鼓掌的声音。细细听去,还有人在高喊"活菩萨""观世音""大恩人",当然,最吸引白穆的那句是"桑姑娘"。

她随意披了件衣裳起身,推开窗,便见楼下聚集了许多百姓,整齐地站成两列,对着不远处过来的轿子,有人鼓掌,也有人欢呼。

那轿子看来不金贵,却精致。用的是雪海沉香木,镶的是上好的东昭云锦,云锦上的刺绣也不是普通人家可以享用的。

白穆在宫中,介绍这类贵重奢侈品的书籍不少,一眼便看了个清明。

白穆犹豫了一响,好不容易撞见这桑姑娘,是否要下楼跟去看看是何方神圣?想到商少君让她在这里等着，便还是作罢。再抬头，正好看见不知哪里来的小乞儿被人群挤了出去，一个趔趄扑倒在轿前，那轿子不得不停了下来，一旁的轿夫在往里面传话。

白穆不由得将窗全部打开，探出半个脑袋，只见那轿帘微微一动，纤指露出一点，轿帘被彻底掀开，身姿妙曼的女子从中缓步踱出，轻轻扶起跌在地上的乞儿，蹲下身子，拿出条锦帕，毫不嫌弃地替他擦去面上的污渍。

白穆所处的位置，只看得到她蛾眉微扬，眼角带笑，一派宁和静雅，一面替那乞儿擦去污渍，一面在说些什么，她听不见。

百姓的欢呼声愈盛，还夹杂着阵阵称赞声。

没一会儿，她塞了乞儿一些银两。大概因为正对夕阳，她举起手挡了挡，也就是这一抬头，整张脸暴露在阳光下。

白穆猛地关上窗，窗外却依旧热闹。她突然觉着有些冷，便到桌边，想给自己倒杯茶，手还未碰上茶壶，便在微微颤抖。她收回五指，握成拳，重新回到榻上。

春寒料峭，极冷的日头，她却沁了一身的汗。她脱去外套，扯上被子，将自己包裹住，像刚刚那样睡下。

为何她偏偏要在这个时候醒过来？

为何她偏偏要好奇地伸出脑袋看个究竟？

为何她记性如此之好，这么多年过去，依然记得她的脸？

那张让她又妒又恨的脸，那张她假扮多年的脸，那张让她在皇宫得以生存的脸。

她也不知道，突然出现的桑姑娘，怎么会长了一张和柳湄一模一样的脸。

（三）湄儿

商少君回来的时候，西沉的落日已经不见了踪影。似乎见白穆睡着了，他只是随意坐在榻边，并未唤她。

白穆不过是假寐，从下午到他回来都不曾睡着，察觉到他的视线似乎一直落在她脸上，不自在地动了动，将脑袋往被子里埋了埋，随之一声低笑，带着熟悉的温暖气息喷薄在耳边："还在装？看你能装到几时。"

他的气息虽然温暖，身上带入的寒气却并未全散，浸得白穆一个寒战，她略带烦躁地推开了他，转个身背对着他。

"为夫有罪，让娘子久等了。"商少君笑着捧住白穆的脸颊。

白穆移开脑袋，显然不欲搭理。

商少君脱了靴子，掀起被子钻进去，搂住白穆的腰，蹭到她耳边，嗔道："为夫错了，娘子莫要生气，为夫下次不敢了，定然准时回家。"

白穆挣了挣，商少君将她抱得更紧，用力扭转过她的身子，抚着她的脸颊，问道："怎么？真生气了？回来时想着你畏寒，便绕道去买了个暖手炉。"

他二人出来得匆忙，也未准备那么周全，住的客栈虽是城内数一数二的，暖炉却也是比不上宫里的。白穆鼻尖一酸，反手抱住商少君，埋首在他胸前，瓮声道："喊我。"

"阿穆。"

"不对。"

"夫人。"

"不对。"

"娘子。"

"夫君。"

商少君勾起唇角，将她搂得更紧："怎么在被子里身子还这样冷？"

白穆微微垂眼，拉起被子将身子盖得更牢，低声道："天气冷罢了。"

"辛苦娘子了。"商少君笑着揉了揉她的发，掖严实了她的被子，道，"我下去叫些饭菜上来，你穿好衣物，我们一并用膳可好？"

白穆并未回答，商少君起身便打算出去，却被她一手拉住。

"你今日去做什么了？"

商少君睨她一眼，笑道："你猜不到？"

正如白穆曾经说的，她不再是入宫前的白穆，虽然思考、行事或许还欠周到和稳妥，但大体局势她是看一眼便知晓一二的。

"然后呢？"白穆今夜第一次正眼瞧他，神色格外认真。

商少君轻笑道："那桑姑娘也是有本事得很。这两年一直在东南方做生意，一介女流由南至北、由东及西，生意越做越大，但真实的来历背景却不为人知，只知或许名叫'采桑'，却也不确定。这次她趁着雪灾，若行事顺利，不出两三年，商洛首富恐怕便是她了。"

商少君说起自己感兴趣的人或事，双眼总是比平日尤为光亮，白穆"哦"了一声，垂目，不再多语。

"她今日应该也在卞城，明日一早我们便寻机会撞一撞她。"商少君继续道。

白穆眼帘一颤，抬眸重新看住商少君。

"其实……"

"怎么？"

白穆欲言又止，重新垂下眼。

"她今日应该从这里经过，你已经见过她了？"商少君笑问。

白穆翻了个身，背对商少君。

商少君一笑，饶有兴致地坐回榻边，揶揄道："看来定是个美貌女子了，竟让我家娘子如此介怀，为夫明日得好生瞧瞧才是。"

"嗯。"白穆应了一声。

商少君复又倾身，低声道："竟真是因为她？我只是好奇她到底是何方神圣而已。那我不见便是，让人仔细查个清楚便可。"

白穆将脑袋埋得更深。

"为夫哪里做得不对，还需娘子多多指教。"

白穆微微一颤，不得不转首过来看住他，嗔道："我饿了。"

身边的温暖远去，房门"嘎吱"一声打开，又"嘎吱"一声关上，白穆的整个身子才放松下来，脸上的娇嗔也随之散去，她平躺在榻上，怔怔地望着头顶的白色帷幔。

在烛光的映射下，厚重的帷幔一层一层地叠下来，光影交接，与在夕阳的斜射时的景象大相径庭。

原来不同的时候看同一件东西，是完全不同的影像。

看人也是一样。

她认识阿不的时候，从来想不到阿不能有商少君那样冷漠残忍的一面；她认识商少君的时候，从来想不到他能有如今这样温柔缱绻的一面。

这半年来，她一直怀疑自己是在做梦。

商少君不再对她冷眼以待，不再逼她扮作柳湄，尽管表面上，他一两个月才到她的朱雀宫坐一坐，但他们每日都见面。不是他悄悄来朱雀宫，就是她扮作宫女偷偷去勤政殿。宫中甚至已经有人瞧出了端倪，疯传皇上实际一直在宠幸一名其貌不扬的小宫女，所以许久都去不了后宫一次。

他隔一段时间便会给她点儿惊喜，比如上次替她画的画。陵安悄悄与她说，皇上私底下其实不知练习了多久，画废了多少张。比如朱雀宫里大大小小的稀罕玩意儿，碧朱也老说，这五国里不起眼却价值连城的宝贝，都在她冷清清的朱雀宫了。

他也知道怎样对她好，极其习惯地晚上替她掖被子，对她喜欢的、不喜欢的都了如指掌，敏锐地察觉到她的情绪变化，想法子逗她开心，若她生气，一定哄到她笑出来方才罢休。

偶尔一个人冷静下来的时候她会怀疑，这个人……怎么会是商少君？

但他就是这样日复一日地出现在她面前，温柔地对她笑，竭尽所能地宠着她，说些甜到人心底的情话哄着她。

她甚至还记得，这样的开始到今日，已经有一百八十九个日夜。这一百八十九个日夜里，她忍不住沉沦，越陷越深，慢慢地，她初入宫时商少君的形象似乎已经模糊了，似乎"商少君"就该是这样一个人，一个对她无微不至、体贴细腻，时时在意她喜怒的人。

她不再淡淡地对他，不再无论他做什么都告诉自己不要在乎，也渐渐地，不再怀念从前的阿不。她还有了自己的小脾气，会给他点儿脸色让他来哄，会有意与他斗斗嘴，他们就像世上最常见的情人那样，互相取悦对方，互相体贴对方，互相在意对方。

那座皇宫渐渐褪去了冰冷的颜色，每日的早晨，都是一个充满希望的新开始，每日的晚上，都是一个温暖而甜蜜的结束。

她以为，这种感觉就叫作幸福。

她不止一次地偷偷奢望过，就这样幸福地、日复一日地，一不小心地，一辈子就过去了。

只可惜，奢望就是奢望。

　　这夜白穆睡得极不安稳，迷迷糊糊中一直梦到曾经的柳湄，今日的桑姑娘。白穆曾经因为碧朱对柳湄的崇拜，仔仔细细地瞧过她，还因为幼稚地想和她一样，做举国最漂亮的新娘而学过她，白穆不会认错。

　　从小到大，白穆只有上次中元节因为太过着急，又是夜晚灯火闪烁，错将慕白的背影认成过商少君的。即便这世上真的会有两个人长得一模一样，只从举手投足和眉眼间细微的不同，她都能区分出来。

　　那位桑姑娘，哪里只是和柳湄有张一模一样的脸？她恐怕就是当年死去的柳湄。

　　青梅竹马。

　　夜晚白穆醒来，不敢妄动，只是抬眼，借着月光看着商少君的侧脸，心中思绪翻滚，不知是酸是甜，许久，那些繁复的情绪才化作一声轻声自语："为何你偏偏是商少君呢？"

　　第二日，商少君继续带着白穆往周边的小城小镇走，并未再提起去见桑姑娘一事。白穆也不知是不是真因为她昨日的反应让商少君放弃去找她的打算，但商少君这样做，的确让她松了口气。

　　她终究是自私的。

　　其他的城镇也几乎与之前看到的情况一样，大抵这次的南迁和北回，都与"桑姑娘"脱不了干系。

　　大约走了两日，两个人准备再经卞城回去。白穆的思绪也才渐渐平复下来，有了心思细细考虑这件事。

　　若桑姑娘真是柳湄，当年柳湄之死，从何而来？

　　若只是在那场意外中侥幸存活，为何隐姓埋名，消失两年多，在各地经商？

　　若说她只是想过普通人的生活，因此有意更名改姓，不想再和商少君有何瓜葛，为何又在这次雪灾中如此高调？

　　白穆百思不得其解。这日她正思忖着，突然马声嘶鸣，马车一阵剧烈摇晃，好在商少君稳稳地扶住她才未摔倒。

　　"两位客官，前头的路好像堵了！"车夫在外喊道。

　　两个人对视一眼，商少君沉声问道："何故？"

　　那车夫抱怨道："大概是又有乞丐拦桑姑娘的马车了呗！真不要脸，自从第一天那小乞丐被人家姑娘亲自扶起来，还给了银两，每天都有乞丐倒在马车前头！"

　　商少君一听"桑姑娘"，便眸光一亮，看向白穆。

白穆垂下眼，低声道："既然碰上了，我们去看看吧。"

她隐隐觉得，若桑姑娘真是柳湄，此番这样高调，肯定知晓会引起商少君的注意。那么一切或许只是一场有意安排，那她站在商少君面前是迟早的事。

商少君扶着她下车，两个人一起向前。

被堵住的马车不止他们一辆，穿过人群后，白穆轻易就瞥见了那个熟悉的曼妙身影，自觉地抽出了商少君握着的手。

"各位若有困难，可前去采桑居，采桑居上下必会竭力替各位解决，拦马车委实不是一个好法子，若是哪日马儿失蹄，闹出什么事来，小女这辈子都无法安心了。"女子声音清灵，语调温柔，流水般轻轻滑过耳际。

白穆看着她落落大方地向四方围观的群众行谢礼，看向他们这边的时候，眼神蓦然一顿。

白穆移开了眼，却依旧扫到她眼底乍现的光亮，和快速奔来搂住商少君的身影，欣喜道："少君！你终于来找我了！"

接着她听见商少君极为惊诧地唤了一声："湄儿？"

她已有心理准备。

只是这样相似的场面，不由得让她想起她与商少君的初见。

她也是这样，欣喜地搂住商少君的脖子："阿不！你终于回来了！"

商少君一手将她推倒在地，居高临下地冷眼睨着她："不知廉耻。"

商洛虽是民风开放，这样众目睽睽之下，女子主动奔去拥住男子，还是引来一阵喧哗，更何况这女子还是众人围观的主角，那喧哗声便更大了。

白穆早便不着痕迹地抽开了被商少君拉着的手。商少君乍见柳湄，许是大出意料，一时也未反应过来。很快围观的百姓越来越多，此起彼伏的欢呼声和祝福声将白穆淹没。她趁乱后退，飞快地离开了人群。

初春的卞城仍旧寒冷，路边的积雪未化，偶见一两朵梅花零散地开放，平添了几分萧索之感。

从白穆发现柳湄的存在开始，她一直在心慌，心慌的同时又抱有一丝丝的侥幸，希冀是她认错了人，以至于从未想过商少君真与柳湄相认之后，她该怎么办。

她初入宫时后宫只有她一个女子，后来知晓还会有其他秀女入宫，找了许久商少君的麻烦。真等秀女入宫了，没多久她便避居朱雀宫，分清阿不和商少君，她可以自我欺骗，商少君有再多的女人，都与她没关系。

但如今，柳湄的出现，给她当头棒喝的同时，让她觉得自己的处境分外可笑。

回去再一次被宫里人嘲笑个淋漓尽致？再次骗自己商少君不是阿不，她并不在乎？

尝过名叫"幸福"的滋味，却要生生剥去，再过回从前那样的清冷，白穆突然觉得卞城的冷，让人无法接受。

恍惚之间，她生出了一个大胆的想法。

当初她入宫，无非是为权衡柳轼与商少君的关系，后来柳轼不在，她又被用来对付了洛秋容一把，如今柳湄出现，无论她两年前为何死去，如今为何回来，那都是她和商少君之间的事，她不愿参与其中。

好不容易在宫外，她为何要回去？

白穆因着自己这个念头，身子都在微微颤抖。她不容自己多想，迅速回了客栈，收拾好衣物，当掉了几件随身首饰，接着雇了辆马车。

一切顺利办完不到小半个时辰。

"夫人，虽然天寒地冻，但大伙儿都陆续回来了，您是想去哪儿呢？"车夫殷勤地替她掀开车帘，笑问道。

白穆怔了怔，垂目道："随便吧。"

"这……"车夫跟着愣住。

白穆上了马车，才缓声道："往西边去吧。"

"往西走，可就出国境了，夫人确定要这样走？"

"嗯。"

"好嘞！"

马鞭一扬，马车飞奔而去，只在潮湿而泥泞的路上留下蜿蜒曲折的沟痕。

（四）返程

"夫人，您一介女流只身一人出行，也不怕危险？"车夫是个憨厚老实的人，一面驾着马车，一面替车里的白穆担忧，道，"小的看您也没具体目的地的样子，要不送您去采桑居找桑姑娘帮忙，或许有个安身立命之处。"

白穆静坐在车内，车窗大开，任由刺骨的寒风刮过面颊，并未答话。

车夫仍在继续："桑姑娘心地极好的，特别是对老弱妇孺，去了采桑居，即便见不到桑姑娘本人，只要说明情况，也会有人好生招待你的。"

"桑姑娘真是好人哪！上头说是拨了银两下来，可没轮到咱们头上。若是多几个桑姑娘这样的大好人，我们哪里还用愁吃愁穿哟！"

车夫一人说得开心，许久才发现车内一直没有声音，讪讪地停了下来，不想他停下，车内人又说话了。

"采桑居可是随处可见？"

车夫一听，以为自己的话起了作用，忙笑答道："不说随处可见，北方几个重镇都是有的。夫人若想去采桑居，咱们现在掉头还来得及，最近的一处就在卞城了。"

车夫一面说着，一面已经放缓了驾车的速度。

"不用了，继续走吧。"

白穆倚在车窗边，望着窗外的白雪枯木不断后退，一时间心下茫然。

从前她虽什么都不懂，却也明白一入宫门深似海，想要出去，不是那么容易的事。所以从未想过有朝一日还能重得自由。但今日坐上这马车，一步步远离卞城，就仿佛一步步远离这两年来的生活，她以为一辈子的生活。

出了宫，她能去哪里？

不出宫，她又该何去何从？

白穆自嘲地笑了起来。

"夫人……"

车夫叫唤一声，马车便突然一阵颠簸，停了下来。白穆也回过神来，问道："怎么了？"

说着便掀开了车帘。

马车被一个人拦住。

那个人骑了匹马,离他们三丈远的模样,冰冷的面上沾了些许尘灰,看来略有憔悴,对上白穆的眼,也不言语,只是静静地望着。

竟是裴瑜。

白穆蹙眉。

这裴瑜,身为御林军总管,虽然有过几面之缘,甚至还曾经伺机偷过他的令牌,但总感觉并不熟悉。平日在宫里偶尔遇见,他也从不多言。想来裴雪清虽与他同族同姓,在宫中肆无忌惮毫无规矩可言,也未见他有何阻止和警醒她的行为,似乎永远顶着一张冰块脸,出现察觉不到他的存在,不出现也不觉得哪里不妥。

"卑职奉命接夫人回去。"

片刻,裴瑜才沉声道。

"奉谁的命?"白穆高声问道。

她和商少君出沥山时,分明只有两个人。这三日下来,除了第一日商少君出去了一个下午,两个人几乎是形影不离。现在她才刚刚离开卞城两个时辰不到,裴瑜就能得了商少君的命令,还准确无误地找到她?

裴瑜并未马上回答,只是端坐在马上,时值正午,苍白的阳光由上而下地将他整个人笼罩,更显得他面色如雪。

半响,他突然道:"夫人当真打算只身离开,与公子再无任何瓜葛?"

白穆一时怔住,不想向来沉默的裴瑜竟能突然问出这样的话来。

她垂目看着自己手里握着的手炉,良久,才笑了笑,道:"我若说是,你会放我走?"

裴瑜只道:"公子道夫人是聪明人,见了卑职自会随卑职回去。"

"若我不愿呢?"白穆抬眸,看住他。

裴瑜不动声色,只淡淡道:"公子称夫人上有父母,下有朱雀一众人等,定然不舍只身离去。"

因是在宫外,裴瑜省去了朱雀宫的"宫"字。

白穆不由得笑起来:"回去又如何呢?"

裴瑜未答,只道:"请夫人随卑职回去。"

说着他便下马,往车夫怀里扔了一锭银子。

车夫本身年纪也不大,十七八岁的模样,未见过什么世面,初时一看裴瑜一身肃杀之气便有些被吓到,现在见他步步走来,捧着银子拿也不是、丢也不是,只回头看

第六章
真假青梅

看白穆，又看看裴瑜。

"你走吧。"白穆叹息道。

车夫一听，连连鞠躬，撒腿便跑了。

裴瑜驾车，由一路向西改为一路向南，却并非回沥山，而是直奔都城。

一路上两个人的话极少，多半时候裴瑜在外驾车，她在车内休息，吃饭的时候两个人才勉强同桌而食，来去也说不上几句话。

但几日处下来，白穆发现，裴瑜虽然话少，却极为细心。譬如每日用膳，她哪道菜吃得比较多，下次便一定会再出现在餐桌上。她手上的暖炉，她自己经常忘记换炭火，裴瑜总记得提醒，后来他便干脆每次饭后，自己拿走暖炉换好再给白穆。

那暖炉是他们刚刚出沥山那日，商少君买来给她的，许是为了让她开心，上面特地绣了个"穆"字。

久在宫中，白穆早习惯了一个人安静地待着，因此与裴瑜的相处也算融洽。只是偶尔心下不安，毕竟裴瑜暗里算是洛家的人，在卞城外找到她的速度，又快得离谱。

"听说皇上此次沥山之行，又带了名貌美女子回宫？"

"你哪里听来的消息？不是说皇上忙于政事，后宫都不怎么去了吗？今年的选秀现在还没什么动静呢。"

"大爷自有我的门路！你信不信，不等几日就会有消息下来，就跟上次一样！"

"得！若真如你所说，下次的酒钱我请了！"

两个人在一处饭馆，再次听到关于商少君带女子回宫的消息。

由北向南，北方是百姓们高兴地讨论桑姑娘寻到了自己的夫婿，随着夫婿回家了。靠近都城，重点便开始向商少君转移。

白穆未曾问过裴瑜关于商少君的事，裴瑜也不曾主动提起过。

"若是真的，后宫又要多名新宠了？"

那两个人还在继续。

"啧啧，上次贤妃便大闹了一场，这次……又不知有什么热闹看咯。"

"她还能闹？上次有孕一事也不知是真是假，说不定是皇上看在柳家小姐的分儿上才压下来了！否则怎会又突然失宠了？"

"哈哈，你说得有道理，皇上这么久都没去后宫，说不定就是被这事给伤到了。"

"无耻荡妇……"

"叮——"

那人一句讥讽的笑骂还未出口，一只瓷碗落在桌前，打断了两个人的对话。两个人火上眉梢，正四下看着是谁打扰了他们的闲情，回头再看桌上的碗，不知何时变成了粉末，白花花地摊在桌上。两个人也跟着吓白了脸，低着脑袋弓着身子便赶紧走了。

白穆看了看一旁面不改色的裴瑜，想不到他的身手这么厉害。

"多谢。"白穆淡淡道。

"私议公子与夫人，本就是大罪。"裴瑜亦淡淡回道。

"既然他们已经回宫，我们是否也应该加快脚程？"白穆问道。

离都城越近，裴瑜驾车的速度反而越来越慢。

"公子吩咐，夫人常在宫中，难免苦闷，若能在宫外多待几日必然欢喜，因此卑职无须急着带夫人回去，随护夫人左右便是。"

白穆眉宇微动，心中万般思绪化作唇角一抹讥笑。

"你可知他与柳湄的事？"

"略有耳闻，知之不详。"

白穆不再问话，裴瑜亦不多言，只是用完膳，上马车之前，白穆吩咐道："直接回宫吧，越快越好。"

该来的，总归躲不掉。

从沥山回到都城，花了整整十日的时间。白穆离开的时候正是初春，回来却是春意正浓，一路上春光明媚，桃红柳绿，格外好看。

两个人赶到都城外时，已经是傍晚。白穆吩咐过"越快越好"，因此裴瑜并没有停下马车的趋势，晚膳都未歇下来用，连夜进城。

商都的宵禁比其他城镇晚，到亥时才会关闭城门。但白穆看着夜色，即便是亥时城门才关，他们恐怕也赶不上了。

"不若明早再进城？"白穆对外道。

车轮辘辘，也不知裴瑜是否听见，马车并未停下，反而驶得更快。

春日的夜晚下起细雨，淅淅沥沥地敲打在车窗上，洗去窗纸上的尘灰，偶尔点上一方圆，偶尔拉出一丝线，凌乱地留下湿润的足迹。

许是过了很久，马车才渐渐缓下来，被雨水冲刷干净的窗纸透映出暖黄的火光，白穆掀开车帘，果然见到商都城门正在眼前。

可惜城门已关。

第六章
真假青梅

白穆正要与裴瑜说话，回首间瞥见墙根下站了一个人。

春雨细腻而缠绵，顺着斜风逶迤落下。那个人立在城墙处，黑色的大氅随风没入夜色，周身被朦胧烟雨笼罩，墨发在风中飞扬，沾上的细小雨粒不经意地落入深潭般的眸子，却激不起丝毫涟漪。直至望见她，柔色在冷肃的眉宇间化开，深潭也融入春色，荡漾起和暖的笑意。

不知是否是春雨迷蒙了眼，须臾间，天地都失了颜色，白穆眼中只有这一幅画，画中人只身立在风雨中，衣发翻飞间望着她，笑容温暖。

她以为他正佳人在怀，她以为这半年来的温情缱绻势必随着这场春雨洗刷干净，她以为回来之后，等着她的必是举国的嘲笑和朱雀宫的冰冷。

连日来的委屈、担忧、惊惧、茫然，就在那温暖的一笑里渐渐氤氲，白穆都不记得自己是怎样下的马车，只知道她迎着风雨与那个人对视，而他一步步走近，张开双臂将她抱了满怀。

（五）采桑

商少君将白穆送回朱雀宫，一路并未多言，只是在朱雀宫的侧门口拥了她许久，才低声道："事情并非尽如世人所言。"

白穆抬首望住他，并不掩饰想要知道详情的情绪。商少君笑着捋了捋她的发："此事牵扯甚多，一时也说不详尽。我说过必不瞒你，日后再与你细细说来可好？"

白穆微微垂眼，一时两厢沉默。

"离宫十数日，还有许多政事未能处理，今日便不陪你了，你先进去吧。"商少君吻了吻白穆的额头，柔声道。

白穆服顺地点了点头，未多言便转身离开，行了几步又突然顿住，回头望去，商少君还在原地看着他。

"若……"白穆讷讷地开口，"若你和她……你放我出宫如何？"

她承认她爱得卑微，不顾一切，甚至可以说被冲昏头脑，可她也明白别人的两情相悦与她的爱恋是否深沉没有任何关系，她既不愿同另一个女子争夺他的爱，也不想让自己守在深宫看着他们黯然神伤。

春雨依旧缠绵，一缕清亮的月光却穿过云层，不偏不倚地映在商少君的侧脸上，那一瞬，眸子里闪过一抹不易察觉的寒凉，随即化作柔情。

他跨步向前，再次将白穆揽入怀中，低声道："我以为你会明白。"

"傻阿穆。"他叹口气，"从始至终，我所欢喜的，只有你一个人而已。"

这半年来，商少君说过各种花样的情话，却从未这样直白地表明过心意。

白穆眼帘一颤，眸子里落了春雨般的清透，轻声道："商少君，只要你说，我便信。"

语毕，踮起脚尖在商少君唇上印下一个吻，转身就走。

一连数日，朱雀宫格外冷清。

后宫诸项事宜明面上仍由贤妃打理，但白穆出宫的这段时间，将事情交给了莲玥，回来之后也未再接手。

往常白穆不多言语，碧朱却是个爱热闹的，整日与几个宫人闹得不亦乐乎，这几日连她都突然安静下来，朱雀宫便无人敢多喧哗了。

那位桑姑娘其实并未随着皇上的人马回都城,但碧朱仍旧见到了。

那是她服侍了十几年的小姐,自然一眼便认出来,若不是旁边的宫女扶着,她恐怕直接吓得跪下了。

她并非不喜柳湄,但柳湄是小姐,阿穆是姐妹,她当然偏着白穆多一些。是以,她一直对柳湄的出现苦恼不已。

"阿穆,用晚膳了。"碧朱瞅了一眼正在看书的白穆。

沥山回来之后,她只把自己埋首在各种书堆中,时常整日整日地不说话,也不再去勤政殿。

而皇上……即便柳湄没有出现,皇上离宫那么久,近来定然忙得不可开交,没时间过来朱雀宫。

白穆面上并没有不悦的神情,放下书便过来用膳,睨了碧朱一眼:"你一直盯着我做什么?"

碧朱直接道:"阿穆,你有什么不开心的要跟我说,我们以前说好的。"

白穆笑了笑,将饭碗推到她跟前:"你哪里看我不开心了?"

"就是没有不开心才奇怪啊!"碧朱低声嘟囔。

这么久以来,白穆和商少君之间的变化,她再粗心也是瞧得见的,如今柳湄突然回来,白穆怎么会一点儿反应都没有?

白穆只是笑着睨她一眼,自行吃饭。碧朱却是吃了几筷子便停下,往白穆身上靠,讷讷道:"阿穆……你没有不开心,我却是不开心的。你知道的吧?那位突然出现的桑姑娘,其实就是……就是小姐。你那样聪明,也跟我一样,一眼就认出来了对不对?"

碧朱顿了顿,白穆亦是眉眼一动。

"阿穆,我其实有点儿怕……依着皇上与小姐当年的情分……"碧朱想了想,低声道,"小姐恐怕必然会入后宫的。我本就是小姐身边的贴身丫头,我怕……万一到时候小姐再把我要过去……"

"不会的。"白穆突然斩钉截铁道。

"嗯?"碧朱一愣,一时没反应过来白穆说的"不会"是指的什么。

"我相信他。"白穆垂着眼,神色坚定。

勤政殿,一盏明灯,烟香袅袅,矮榻上两个人相对而坐,凝思对弈。两个人似乎

第六章 真假青梅

极为习惯这样的相处方式，一举手一落子之间，生死是非，就此定论。

"慕白应该已经离开都城，微臣遍寻不见踪迹。"柳行云垂眸低声道。

商少君扬了扬眉头："找到他要找的人了？"

柳行云答道："微臣不知。"

商少君只盯着棋盘，未语。

良久，柳行云又道："皇上不若从贤妃处打探。"

商少君抬眸望住他。

柳行云接着道："微臣得知他来商洛寻人，亦是贤妃告知。"

"哦？"商少君的眸子里隐隐透出莫测的笑意。

"当日贤妃约微臣摘星阁一叙，便是说的慕白一事。"柳行云虽自称"微臣"，说起话来却并没有过分的恭谨，只像是朋友间普通的谈话，道，"她给微臣一块玉牌，称慕白来商洛是为了找寻未婚妻子。微臣转述给慕白时，他竟未反驳，且收下了玉牌。"

"玉牌？"商少君嘴角的笑意更浓。

柳行云答道："是。一块鸳鸯玉。慕白拿到之后便与微臣说，他的确是在找一名女子，左肩后有三颗黑痣列成三角。"

商少君手上动作顿了顿，双眼微眯，随即嗤笑道："莫非要朕替他扒了天下女子的衣裳给他看？"

"或许这也是他久寻无果的原因。"

"罢了，也不用再寻他。"商少君收回手中的棋子，抬眸，似笑非笑地睨着柳行云，道，"朕倒是对湄儿的事更感兴趣。"

柳行云眉目一肃，迅速起身，下榻跪在商少君面前，拱手沉声道："微臣向皇上保证，湄儿一事微臣毫不知情。此前微臣亦以为湄儿早已死于非命……"

商少君转眸一笑："爱卿无须如此紧张，湄儿还在世，朕高兴都来不及。朕只是好奇，自古官商勾结，她一介女流，只身一人，若无人旁助，如何能将生意由东做到西、由南做到了北？"

"微臣委实不知！"柳行云磕头道，"微臣亦问过湄儿，她只笑而不语。湄儿的性子皇上也了解，她不愿说，谁也强迫不得。"

"爱卿起来吧，朕只是随口问问，并非问罪，改日朕再亲自问她便是。"商少君漫不经心道。

柳行云却并未起身，只俯身道："微臣从前与皇上所讲，句句属实，绝无二心，有意欺瞒！"

商少君笑着，墨色的眸子沉得密不透光，望着跪地的柳行云，良久，才缓缓道："爱卿还是先起身，与朕商量商量湄儿入宫一事。"

柳行云略感意外地抬头，站起身，却不再回到棋案边，只候立一旁。

"朕与湄儿自幼定亲，若能依大婚之礼直接迎她入宫为后自然是最好。"商少君微微蹙眉，"但一来她消失两年余，众人皆以为她已身死，突然以商女采桑的身份出现，恐怕会惹来不少非议；二来柳轼之女，如今亦是罪臣之女，以'柳湄'之名入宫，恐有后患。"

柳行云拱手俯身道："皇上如此为舍妹费心，微臣感激不尽。"

"朕的未婚妻子，倒无须你来感激不尽。"商少君扬眉道。

柳行云身子一顿，讪讪地看了商少君一眼，道："依皇上的意思，此事该如何才好？"

商少君想了想，幽幽道："商女身份毕竟卑贱，不若效仿贤妃，另投门户。"

"皇上的意思是……"

"举目商洛，除了柳家，最得势的自然是洛家。淑妃不在，洛翎对湄儿，恐怕求之不得。此事朕还不曾与湄儿商议，你回去问问她的看法，若她亦觉得稳妥，朕便与洛翎知会一声，尽早将此事办下，八月选秀时她便可依祖制入宫。"

柳行云再次跪地道："皇上厚爱，微臣代舍妹谢主隆恩！"

商少君笑睨着他："算了吧，朕的心思你还不知？"

柳行云面带笑意地起身，与商少君下完那一局棋便退下。

商少君自行收拾棋盘，一半的侧脸掩在烛光暗处，看不清神色。

一时间勤政殿只有棋子的噼啪之声，如同一声又一声的匆忙脚步，催人前行。

"陵安。"商少君突然唤道，"让他们盯着柳行云，盯紧些。"

陵安略有诧异地抬头看了商少君一眼，又马上垂首。

商少君微微一笑："自古成大事者，心思缜密，心机深沉，进退有度能屈能伸，他可是占了个全。朕并非不信他，只是不得不防啊……"

不出几日，宫中便传出消息，洛翎原来有个女儿自幼流落在外，如今千辛万苦寻回，竟就是民间声名极盛的桑姑娘——洛采桑。

而宫中传出消息的当日，朱雀宫收到一幅画。

第六章
真假青梅

　　碧朱看了许久也没看明白,为何画上的阿穆栩栩如生,却莫名其妙地悬空坐着,明明是捧书细看的姿势,手上却没有书。

　　画旁有一行字迹极为熟悉的题字——两情若是久长时,又岂在朝朝暮暮。

第七章 真假皇子

第七章
真假皇子

（一）双姝

  春去夏至，去年冬日大雪后天气一直寒凉，今年的夏日格外凉爽。

  洛采桑的出现表面看来，只是百姓在饭后多了新的谈资，纷纷议论洛翎在外的风流事。朝廷和后宫，却是暗潮汹涌。

  柳湄名盛，认识她的人不在少数，她也并未有意隐瞒她曾经的身份。关于她"死去"两年后突然回来的个中缘由自然不少人在猜测，但更多人在意的是，她突然变成洛翎失散多年的女儿，是否意味着柳洛两家的联手？当今圣上对柳湄的情意天下皆知，给了她一个如此金贵的身份，是否下一步就会直接迎她入宫为后？

  这日，近来风头正盛的"洛采桑"特地入宫，拜见了太后以及唯一的正妃贤妃。

  碧朱一听到她去了太后宫里便开始坐立不安，硬是称病，让绿翠去迎着。最后在榻上翻来覆去，想想稍后的场景，又爬起来悄悄把朱雀宫里柳湄最爱的那些东西全都收了起来，再想想还是她对柳湄的性子比较了解，干脆直接站在了白穆身边。

  柳湄来的时候阳光正好，一丈朝阳落在脸上，只让人觉得光彩照人，不容直视。朱雀宫的宫人不多，平日都跟着碧朱随意惯了，乍一见到柳湄，都有些愣住，一时不知该不该行礼，或者说该行什么礼。

  莲玥不愧是宫中老人，极为从容地微微俯身，道："见过洛姑娘，娘娘等您许久了。"

  说着便引柳湄进去。

  "采桑见过贤妃娘娘，娘娘千岁。"柳湄倒没什么架子，一入宫便依规矩行了一礼。

  商少君与白穆感情转好后，碧朱没再刻意把白穆的妆上得与柳湄相似，但白穆不想突然改变妆容遭人侧目，所以妆后的眉眼多少还是与柳湄有些相仿。

  只是两个人相见，白穆也不觉得尴尬，微笑道："洛姑娘有礼，随意坐吧。"

  碧朱早就想好了应对的法子，心里还是扑通直跳，垂着脑袋微微屈身，对柳湄行了个常见的问安礼便转身给两个人倒茶。

  "阿碧长高了。"柳湄望着碧朱柔声笑道。

  碧朱正在倒茶的手微微一抖，多年的习惯，差点儿直接给柳湄跪下了，但想到如今白穆的身份、她的身份，生生忍了下来，垂首道："姑娘离开时阿碧正十五，今年

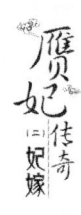

十七，也就往上蹿了一点儿。"

碧朱没再唤她"小姐"，柳湄也没怪罪的意思，只是笑道："你也长大了，懂规矩多了。"

碧朱正思忖要怎么回答，白穆已经开了口："阿碧平日也不这样，今日许是见了洛姑娘才有些拘谨。"

紧接着吩咐道："阿碧去小厨房看看，今日午膳的食材可都准备好了？"

碧朱的心一直怦怦直跳，闻言如蒙大赦，领命后对着柳湄屈了屈膝便退下。

柳湄继而道："阿碧向来淘气，恐怕给娘娘添了不少麻烦吧？"

白穆笑道："本宫倒是极喜欢她简单爽朗的性子。"

柳湄淡淡一笑，看了一眼内殿，见许多应该放着东西的地方空出来，眼底闪过一丝了然，道："娘娘也过于朴素了，这殿里布置得这样简单。"

"许是阿碧见你要过来，便收了些东西，省得你我尴尬。"白穆直截了当地答道。

柳湄微微诧异："娘娘好度量，竟容得阿碧私自胡来。"

柳湄话意不在阿碧，而是白穆大方承认她二人之间的"尴尬"。

白穆笑道："人贵有自知之明。本宫殿外的梅花，想必也是洛姑娘最爱的吧？"

柳湄低眉浅笑："娘娘如此说来，倒让采桑汗颜了。"

"洛姑娘大不必如此，本宫日后还需姑娘多多照拂呢。"

白穆笑得坦然，柳湄起身行礼道："娘娘言重，采桑不敢当。"

白穆微微一愣，只道不愧都是柳轼教导出来的，和柳行云一个模样，不会得意忘形，能屈能伸。

两个人又随意闲扯了几句，柳湄便告退。

碧朱其实一直在门外偷听着，柳湄一走，便急急进来，道："阿穆，你可别被小姐这温柔的样子骗着了，她待上治下都极有手腕，刚刚你那样说，可不是第一招就输了？"

碧朱看来，柳湄此行，恐怕有些看白穆狼狈模样的意思在里头，她刚刚那样说，可不就是承认她的宠爱全是因着柳湄？

白穆饮了一口手中的茶水，安抚地对着碧朱笑道："这本就是人人皆知的事情，何必自欺欺人，藏着掖着反倒显得小气。"

碧朱噘着嘴，不再反驳。

白穆拉着她的手道："陪我去趟芙蓉宫吧。"

第七章
真假皇子

芙蓉宫自洛秋容身死后几乎废弃，原本的宫人都被分散到其他各院，许多人觉得那里晦气，不再靠近。白穆老挂念秋日那一院子灼灼盛开的芙蓉花，担心无人看管怕是枯死了，隔几日便会过去打理打理。

碧朱对洛秋容的讨厌从未改观过，虽是不太赞成白穆老去芙蓉宫，但思及皇上最近时常无暇陪她，她去打理芙蓉花总比闲来胡思乱想的好，也就不加阻拦。

两个人从前多是在傍晚过来，这次差不多是正午，午膳的时间。

"阿穆，你来这里……"

碧朱话还未说完，身边的白穆突然大步向前。碧朱一愣，眼前闪过一道黑影。

"你先回去。"碧朱还未反应过来，耳边就只剩下白穆这句话。

白穆一眼望见站在芙蓉花前的人影，便下意识地追了过去，只是那个人跑得太快，她在宫道里左弯右绕，也未再看见他的踪影。

她一直对洛秋容嘴里的那个男子好奇不已，想来能狠心到那个程度，也算是异数，这个时候还去芙蓉宫的，恐怕也就是他了吧？

白穆绕了几条路，仍是未找到他，正打算放弃，琼楼一角，见两个人的身影正好折道而来。

她心下一酸，便侧身避在一旁。

是商少君和柳湄。

正午阳光下，两个人并肩而立。商少君身材高大，而柳湄纤细修长，在他身边随意地挽着他的手臂，极有默契地款款前行。

白穆一直望着，默默地看着一对璧人的背影渐渐远去，眼看就要消失在眼前，竟鬼使神差地跟了上去。

她跟得小心翼翼，离他们很远，听不见他们的谈话。商少君不知说了什么，柳湄突然笑弯了腰，嗔怪地瞪了商少君一眼，捏着粉拳给了他一拳头，商少君一手握住，放到嘴边轻轻一吻。

白穆一直跟着，忘记自己走过哪些路，忘记自己要干什么，也忘记自己跟了多久，只是看着那对般配的人，那张许久都不曾见到的脸，连跟着他们踏入一间宫殿都未知觉。

待她渐渐找回意识时，发现自己不知在哪宫的前院，侧身站在阴暗处，天色已近黄昏，暖黄的夕阳洒落在破败的宫殿里，说不出的萧索凄凉。里殿的房门"嘎吱"一声打开，商少君与柳湄再次并肩出现，踱步远去。

这次白穆没有再跟上，揉了揉酸涩的双眼，本想休息一下再离开，竟听到外面的

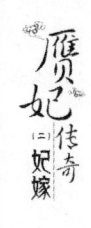

落锁声。

她疾行了几步,又想到此时叫喊只会让那两个人发现她跟着他们,便顿住了脚步。院中的杂草丛生,枯木破败,白穆立在其中,突然不知何去何从。

"砰——"

瓷器碎裂的声音。

白穆一惊,是从刚刚那房里传出的。

她微微蹙眉,轻轻挪步过去,推开房门。

屋内不算简陋,却略显凌乱,地上有洒下的水渍和四散的瓷片,白穆看去,一双清透的眸子正好对上她的眼。

白穆愣在原地足足有半盏茶的时间,才移步过去。

"你是谁?"

他摇头。

"你为何会在这里?"

他摇头。

"你知道刚刚来看你的人是谁?"

他摇头。

（二）少宫

商少宫。

这是白穆回过神后的第一反应。

他的模样身形都有商少君的影子，但是显然比他年轻，眉宇间也没有那股帝王专有的冷肃之气。只是浑身上下是身为皇子不该有的邋遢，眼神时而清透，时而迷茫，就像……

就像她刚刚捡到阿不的时候。

"商……少宫？"白穆轻声开口。

那男子一愣，似乎听明白了白穆在说什么，对着她咧嘴笑了。

"你是商少宫？"白穆又问道。

他"嘿嘿"笑着，点了点头，蹲下身子开始玩地上的瓷片。白穆一把握住他的手，拍掉瓷片。他皱了皱眉头，莫名其妙地瞪着白穆。

"危险。"白穆轻声道。

他似乎又听明白了，不再瞪着白穆，憨厚地笑了笑，拉着白穆的手往后院去。

后院的花丛里有只竹草制的球，他取出来踢了踢，兴奋地扔给白穆。白穆接过球，默默地窘了一窘。

看来这回是碰上真傻子了。

或者说不是傻子，智力是三四岁的孩子的水平，所以有些话他还是听得明白。

但是……好像不会说话，或者是失了声。

"你会说话吗？"白穆拿着球，问道。

他摇头。

"你不会说话？"白穆又问。

他还是摇头。

"你喜欢这个吗？"白穆指着球。

他仍是摇头。

白穆放弃了。

但商少宫并不放过她，一直缠着她陪他玩球。前门落了锁，后门也被封死，白穆

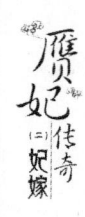

出不去，耐不过他的纠缠，只好陪着他玩，一会儿踢一踢，一会儿拿脑袋顶一顶，踢得好或是顶得好了，商少宫便极为兴奋地在一旁鼓掌。

这游戏虽然幼稚，却还挺费力，玩了不过半个时辰，白穆已经是满身大汗。但人与人之间的情绪是可以互相感染的，看着商少宫孩子般的展颜，白穆也不由得跟着笑起来。

白穆一边陪他玩着，一面思忖着。

这地方虽然简陋，略有凌乱，却不到脏乱不堪的程度。商少宫要吃要喝，身上略有邋遢却也还干净，应该每天会有人过来。她从前听到的关于商少宫的消息虽然少，可从未有人说过他……是现在这副模样。

这是出过什么意外，还是被人用过药？

商少宫恐怕被关在这里的日子太久，难得有个人愿意与他一道玩这种游戏，兴奋到子时才抱着球靠在廊柱上睡着了。白穆将他推醒，指了指房间，他便睡眼惺忪地抱着球自己上床睡了。

夜凉星稀。

白穆坐在殿前的台阶上，身上的汗渍一点点被夜风吹干，深夜寂静的皇宫里，只听到盛夏特有的声声虫鸣。

她以为她要在这里坐一整晚，等明日来收拾这座宫院的人来开门才能寻到机会溜出去，但她坐了没多久，便有一个人出现在她面前。

面色比月光还凉。

"裴总领。"白穆低笑道。

裴瑜拱手行礼："卑职送娘娘回去。"

白穆施施然站起身，拍了拍身上的泥土，歪着脑袋看住裴瑜，笑道："居然真的是你。"

裴瑜眉目微动，却仍旧拱手垂眼，并未答话。

"今日在芙蓉宫的人是你，可对？"白穆问道。

裴瑜不答。

"或者说，在洛秋容十岁那年将落水的她救起的人是你，对不对？"白穆继续问。

裴瑜显然没有回答的打算，冰冷的脸不恼不怒，仿佛什么都不曾听见。

白穆见他这样的反应，嗤笑出声。

不反驳便是默认。

第七章 真假皇子

她曾经好奇过洛秋容嘴里的那个男子，可以与她有十年的往来而未被洛家发现，甚至在皇宫出入自如，洛秋容有了身孕他也未暴露，虽然怀疑过他，但想想他看起来冰冷的性子，洛秋容向来自负高傲，怎会看上他这样的男子？

女子终究是痴傻，一旦爱起来，便管不了那么许多了。

若是裴瑜，便能解释为何洛秋容口口声声说他负她，能解释为何他明明是洛家一手培植，商少君却视他为心腹，命裴瑜去接她，能解释为何他能准确无误地找到这里来。

"今早我跟着你，反而被你跟了吧？"

"其实淑妃有孕一事，是你对商少君说的吧？"

"其实你……是没有良心的吧？"

白穆盯着他一连三问，眸光越来越冷，面上的嘲讽之色亦越来越深。

裴瑜入定了一般，仍是埋首行礼的姿势，一语不答。

"你走吧。"白穆坐回台阶上，"我不会跟你走的。"

"卑职冒犯了！"裴瑜二话不说，挟起白穆便一个翻身越过了本就不高的宫殿围墙。白穆只被莲玥挟着走过一次，明显地感觉到裴瑜的功夫比莲玥要好上许多，走起来又快又稳，她挣了几挣，他仍旧纹丝不动。

直至到了朱雀宫门口，他才将她放下，再行一礼便迅速消失，正好碧朱开门，见到白穆嚷道："娘娘你终于回来了！吓死我了！我四处找不到你，不得不去求了皇上……"

碧朱看她面色不善，也不再多言，只问她是否饿了，白穆摇头道："我先去睡了，明日再说。"

躺在床上，白穆的思绪纷乱不堪。一时想到早晨柳湄过来时端庄又不失娇媚的容颜，一时想到傻乎乎却让她感到轻松的商少宫，一时又想到从摘星阁上跳下的洛秋容，最终她迷糊入睡前，脑子里是商少君和柳湄手挽手登对的背影。

于是这夜的梦里，白穆一直在沉闷的黑暗里找不到出口，大声叫喊却出不了声，仿佛被一个人隔绝在另一个世界里，她拼命向前跑，终于一脚踩空，惊得睁开了眼。

殿内亮着暗黄的油灯，一只飞蛾投影在屋顶上，展翅飞来腾去，耳边除了虫鸣，还有轻盈的脚步声，她还未来得及仔细分辨，便被人拥在怀里。

"醒了？"商少君笑问。

白穆移开眼，没理他。

"朕之前在和洛翎商讨今年管制延河一事，只得让裴瑜去寻你。"商少君一面擦

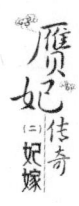

掉她额间的汗，一面道，"现下把折子带过来才能看你一眼。"

白穆仍旧未搭理。

商少君又道："你今日都看到了？"

白穆推开他的手，自己抱着薄被背过身去。

商少君凑到她耳边，好声好气道："之前不是与你解释过了？阿穆，再等等，等选秀之期过了……"

"商少宫呢？"白穆起身，转眸看住他，"你说过不瞒我，那商少宫呢？"

"你是怨我带她去见他，却不曾对你提起过？"商少君微微蹙眉。

"没有。我想知道他为何是那个模样。"白穆冷冷道。

商少君扬眉，笑道："你都猜到了，何必问朕？"

"你与他好歹是亲兄弟……"

"当初他为了皇位可以取朕的性命，朕也无须对他心慈手软。"未等白穆的话说完，商少君便打断她。

"那裴瑜呢？"白穆又问，"你如此信任裴瑜，究竟是淑妃事发之后裴瑜才临时倒戈，还是……"

白穆盯住商少君："还是从头到尾，裴瑜就是你安排在洛家的一颗棋子？"

商少君烛光下的侧脸仍旧挂着笑意，只是眼底的眸光渐冷，盯了白穆半晌才渐渐融化，作势要揽她入怀："娘子，你听为夫说……"

白穆推开他的手，睨着他冷笑道："听你说什么呢？说为顾全大局不得不让裴瑜去勾引洛秋容？为百姓苍生不得不牺牲小小一个女子的幸福来削弱洛家的势力？为国家大计不得不使出这样龌龊下作的计谋？"

商少君面上的笑容渐渐僵在嘴角，白穆仍旧继续道："你，裴瑜，柳行云，柳轼，或者说这世间任何一个男子都是如此？为了自己想要的东西，骨肉相残，不择手段，肆意践踏他人对自己的情意，真真让人觉得恶心！"

"够了！"商少君盯着她，笑容已散，黑色的眸子里寒意愈来愈深，半晌，拂袖便走。

白穆听着大门"嘎吱"一声打开，又重重关上，她只是裹紧了被子。

她知道商少君不喜欢她这样子。从前她连"王八蛋"都骂过他，反正她也不是什么大家闺秀。

她想不通商少宫为何要为了皇位将曾经的商少君伤得全身连一块完整的皮肤都没有，她不明白裴瑜为何可以利用洛秋容的感情在她一尸两命之后仿佛什么事情都不曾

第七章
真假皇子

发生过，就像当初她不明白为何柳行云会事不关己似的背叛自己的父亲，而柳轼也可以心安理得地踩着太后对他的感情步步高升。

这座皇宫一步一步地颠覆着她所有的认知，关于道义，关于亲情，关于爱情。

这里的人，到底是否有"情"字可言？

日子在人们对选秀的期盼中过得飞快。

前朝表面平静，实则暗潮汹涌。皇上在沥山回来之后开始着手查办赈灾银两的去处，两个月查下来，涉及大批官员，左右相同时力请严惩，坐实了因着"洛采桑"而出现的柳洛两家联手的传闻。同时延河下游水患再起，虽然是在东昭境内，却也与处在商洛的上游管制有关，因此东昭特地遣来使臣商议相关要事。

因要准备不久后的新主子入宫，后宫渐渐忙碌，负责打理后宫的朱雀宫自然闲不下来，只是身为一宫之主的贤妃几乎把所有事情都交给莲玥主管，自己时常不见了踪影。

碧朱起初也并未在意，以为她一个人跑去芙蓉宫修剪芙蓉花了，可后来发现她每日回来身上都汗透了，虽然看起来脸色好，心情也好，她问，她却避开不答，心下好奇的同时，也难免有些担忧。

毕竟近来商少君忙，许是好不容易才抽出时间偶尔来一来朱雀宫，每次都扑了空，虽然他是满面春风地来，满面春风地走，看不出丝毫不悦，碧朱还是有些忐忑，哪里有宫妃敢这样的？

这日白穆又要出门，碧朱连忙拦住道："娘娘，你最近几乎每日都出去，到底是去了哪里？"

白穆避而不答，只道："反正这里我也帮不上什么忙，有玥姑姑便够了。"

"可是……"

"我走了，不用给我留晚膳了！"不等碧朱说完话，白穆便提裙匆匆走了。

碧朱想跟上，奈何又被莲玥叫住了。

白穆轻车熟路地找到商少宫的宫殿，她早已熟知每日宫人过来送膳的时间，趁着开门的时间偷偷溜进去，与商少宫玩上几个时辰，到了晚上，裴瑜自然会来接她。

她不知道自己这样做有什么意义，但至少开心。

和一个什么都不懂的人在一起，她也什么都不用想。

商少宫似乎已经习惯她每日这个时候过来，送晚膳的宫人一走，他便出殿四下找白穆，一眼瞅见她，便笑得灿烂无比。

"商少宫，今日我们玩写字如何？"白穆笑道。

商少宫连连点头。

那边碧朱刚刚忙完莲玥交代的事，便听着前面宫人的行礼声，暗叫一声糟糕……

商少君从前都是忙完了政事暗地里来，这次改明面上了……

碧朱随着战战兢兢跪了一地的宫人们跪着，眼角余光瞥见商少君神色自若地饮着茶，似乎也没有生气。

他就坐在那里一口一口地浅啜，不问白穆为何不在，何时回来，也不让宫人们起身。

待到夕阳几乎没有了踪影，商少君喝了大约三盏茶，碧朱在一旁考虑着要不要下去加茶水，商少君突然抬头，仿佛这才发现跪了一地的宫人，微微蹙眉道："怎么？都不用忙了？"

宫人们本就胆战心惊，商少君这样一问，更不知道该继续跪着好，还是起来干活的好。

商少君也不再坐着，放下手里的茶盏，从容地往外走。

"奴婢恭送皇上！"宫人们连忙齐喝。

临到门口，商少君的步子顿了顿，转身唤了声陵安，笑道："赏朱雀宫俸银半年，每人一对如意、五匹云锦，以犒近来劳累。"

朱雀宫从前也经常受赏，但没有一次赏得这样重的，一众人等本以为皇上正因为贤妃不在而恼怒，却不想突然受了这样的大赏，待他们回过神来，已经没了商少君的影子。

初秋的傍晚，晚霞迤逦，日光温暖。陵安紧跟着商少君越来越快的步子，不停抹汗。待商少君停下，陵安也跟着稳稳站住。

正是秀女陆续入宫的日子，他们正停在储秀宫门口。秀女第一轮都没选过呢，自然是见不得圣颜的。正好有一组秀女在殿前的空地上听嬷嬷的教导，陵安正要上前提醒商少君，他却已经踱着步子过去了。

老嬷嬷一见那一身明黄的衣服，吓得眼都不敢抬，"扑通"一声跪下道："奴婢参见皇上！皇上万岁万万岁！"

那批秀女今日刚刚入宫，一时间也都慌得七零八落，跪的跪，站的站，还有直接摔倒了的。

商少君眸光扫过，随意指了几个人："那个，那个，这个，那个……"

陵安竖起耳朵听着。

第七章 真假皇子

"一并赏到朱雀宫去吧。"

陵安略有诧异地抬头望着商少君。

商少君理了理自己的袖口,漫不经心道:"朕看朱雀宫的宫女着实少了些。"

语毕,负手离开。

老嬷嬷在身后大声领旨,陵安跟在其后小心翼翼道:"可是皇上,那几个……"

这批秀女还未经过筛选,刚刚那几个,只看一眼,就知道呆头呆脑,必定也是笨手笨脚……

商少君回头看了一眼那群秀女,撇了撇嘴角,凉凉道:"无碍。贤妃最喜傻子。"

（三）旧事

　　白穆估摸着，商少宫和商少君习字时应该是跟从的同一个师父，他虽然像个三四岁的孩子什么都不懂，写字还是会的，写出来的笔画间都能看到商少君的影子。

　　白穆其实是想着她每日过来，也没什么好玩的了，多半时候都是她自言自语，还不如两个人你写一个字，我写一个字，时间打发得快。

　　白穆又写下一个字，问商少宫会不会。商少宫高兴地点头，拿过笔在纸上写出来。许是这样久了，商少宫觉得应该轮到自己先写，摸了摸脑袋，起身往里间去。

　　白穆也不知他要做什么，托腮望着宣纸上凌乱的单字，觉着挺好笑的。

　　她习字也不过是这两年的事情，从前阿不虽然教过她，也只教过两个人的名字和一些极简单的字。后来她自己随意学，写出来的字还不如变傻了的商少宫好看呢。

　　想着些有的没的，眼前突然出现一张信笺。

　　白穆一怔，商少宫笑着指了指那信笺，再指了指刚刚写字的白纸，意思应该是让她写信上的字。

　　白穆凝眉望去，信笺上是一首诗。

　　秋风清，秋月明，

　　落叶聚还散，寒鸦栖复惊，

　　相思相见知何日，此时此夜难为情。

　　入我相思门，知我相思苦，

　　长相思兮长相忆，短相思兮无穷极，

　　早知如此绊人心，还如当初不相识。

　　白穆心中"咯噔"一声，如此露骨的相思之情……她细细看去，信笺下并没有落款，只画了一片柳叶，时间是平建六年四月初五。

　　平建是先皇的年份，从时间来看，是二十多年前的信了……画了一片柳叶，再看这略有熟悉的字……

　　白穆心下一跳，问道："这是哪里来的？"

　　商少宫所居的宫殿名为"朝拾"，她之前特地问过碧朱，碧朱说那是从前太后还未得宠时所居住的宫殿，两位皇子便是在这里长大。

那这首诗,莫不是柳轼当年写给太后的?

商少宫似乎不太明白白穆的问话,仍旧指指信上的字,让白穆写。

白穆拿过信,认真望着他的眸子道:"商少宫,我是问你这封信是哪里得来的?"

商少宫大概不太习惯白穆这么认真的模样,皱了皱眉头。

白穆笑着,又摇了摇手上的信,慢声细语地道:"你是从哪里拿到的这个?"

商少君摸了摸脑袋,白穆接着道:"你告诉我好不好?以后我每天都过来跟你玩。"

一说到"玩"字,商少宫的眼瞬间透亮起来,乐呵呵地起身,往里间走去。白穆倾过身子,见他走到榻边,敲了敲墙上的一块砖。

那块砖看起来并无异常,只是被商少宫一敲,便凸了出来。商少宫熟练地取下砖块,从中拿出一沓信来。

白穆几乎是迫不及待地接过,一封封看下去。

越看,便越觉得头皮发麻,浑身都在微微颤抖。

年代久远的信,每一封都沾了厚重的尘灰,上面的字迹却依旧清晰。每一封页脚都绘有一片柳叶。

她所猜不错,全是当年柳轼写给太后的信,尽管没有抬头和落款,只看时间和内容及这些信存放的地点,便清清楚楚了……

年份从平建六年到平建十三年,信中内容涉及方方面面,除去诉说相思的段子,朝廷要事,多是约太后见面的时间地点,其中竟还有……

策划华贵妃胎儿之死前前后后相关的信笺。

私通宫妃,戕害皇嗣,柳家有十个九族都保不住!

白穆再也坐不住。

去年沥山回来之后柳轼被捕入狱,直至今日也未能正式定罪,一来仪和宫大火并没有证据指向是柳轼所为,二来柳轼带入宫的那些刺客,第二日一早便全都死于狱中,三来柳轼拒不认罪,各方势力干扰,在天牢一关就是一年多。

若有了这些信,他岂能再矢口否认?那些拥护他的官员又何来脸面再替他辩护?

白穆按捺住越跳越快的心脏,一封封看过,又一封封收好,对商少宫轻声笑道:"你把这些信送给我如何?"

商少宫摇头,也不知是没听明白还是不愿意。

白穆深吸一口气,笑道:"你送我这些,以后我不仅每天都来跟你一起玩,还给你带好吃的。"

第七章 真假皇子

商少宫看了看信，又看了看白穆，将信一股脑推给白穆，接着拉着她的手要去后院玩。

白穆将那些信拣最重要的几封放入衣襟，剩下的一起放回原位，再心不在焉地和商少宫玩了两个时辰，才等来裴瑜接她。

"本宫要去勤政殿。"自从知道裴瑜便是洛秋容所说的那名男子，白穆对他一直没有好脸色。

裴瑜似乎也不在意，带着她越过殿墙便行礼退下。

天色已泛黑，白穆想着刚刚她看到的内容，心下有些紧张，越是紧张，步子便越快。临近勤政殿的时候，还与一名宫人撞了个满怀。好不容易勤政殿就在眼前，她一眼扫见身姿婀娜的柳湄正举步进去。

狂跳了一个下午的心，突然便静下来。

她隐在廊柱的阴影处，静静地望着勤政殿的那扇门，坐下。

夜风净凉。

白穆的身子在沥山受过重伤，极为怕冷，初秋的凉对她而言已如从前的冬日那般。但她靠着冰凉的廊柱，一直望着那扇门，看着殿内灯烛闪烁，几乎眼都不眨一下。

不知过了多久，或许两个时辰，或许三个时辰，月已上中天，那扇门仍旧没有动静。

白穆仍旧望着，眼前的光线却被一个人挡住。

白穆淡淡地扫了他一眼，垂下双目。

"卑职送娘娘回去。"裴瑜冷声开口。

白穆微微一笑，出口的声音略有沙哑："这次你总不是奉命吧？"

商少君不知她在这里，就算知道，恐怕也无暇吩咐裴瑜来找她。

裴瑜不答，只是在她身前不远处站着。

良久，白穆突然道："你说他是骗我的吗？"

她看住裴瑜，一双眸子笑得波光潋滟："身为他的心腹，你知道的吧？我对他还有什么利用价值呢？他说对柳湄的情意是假，对我的情意是真，究竟是不是在骗我呢？你若知道，告诉我如何？"

裴瑜亦看住她，双眸暗沉而平静。

"哦，不对，我说过相信他。我相信他。只是看到那样的场景还是会难过。"白穆垂眸低笑，"你是不是觉得很好笑？女子都这样好笑？你可知淑妃临死前挂记的还是不可连累你，不可让他人知晓你的身份？"

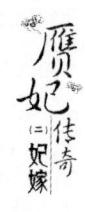

裴瑜仍旧不语，单手拿着剑，浑身散发出肃冷的气息。

"我明知他们自小一起长大的情分，宫里的碧波湖是因她一句话，他求先皇替她修的，宫外丞相府里处处是他做太子时赏去的大小物什，我初入宫时依着她的喜好装点的朱雀宫，他看我扮作她时眼底的柔情……"白穆仍是笑，"可是只要他说一句，我还是愿意相信他。"

夜风阵阵，透骨的净凉。

裴瑜的面色依旧干净得如冰雪一般，平静的眸子望着白穆，突然道："若肯放下，自有另一番天地。"

白穆一愣，侧目望去，却一眼扫见宫道上大队人影。她举目望去，近十名大臣，以柳行云为首，正举步走向勤政殿。

已近子时，这么急着召他们入宫，所为何事？

白穆连忙站起身，僵坐了太久，有些身形不稳，被裴瑜扶住，一股暖意便透过他的手心传遍全身。

白穆侧目看去，裴瑜只道："娘娘还是早点儿回去歇息。"

白穆不懂武，却多少听闻一些，能用内力驱寒，裴瑜的功夫还真是在她意料之外。

大臣们纷纷进入勤政殿，白穆实在好奇，心念一转，便道："你功夫这么好，带我前去听一听他们在做什么如何？"

裴瑜蹙眉。

"或者我在这里继续等着，等他们都走了再去问皇上亦可，总归今夜是睡不着了。"白穆甩开他的手。

裴瑜略一沉吟，带着她往勤政殿后面绕去。

他应该极为熟悉皇宫地形，不过片刻便绕到勤政殿外屋檐较低的一角，带着她微微一跃，便匍匐在琉璃瓦上。

白穆想要效仿上次偷看太后与柳轼的行为，作势要揭瓦片。裴瑜一手拦住，朝她微微摇头。

白穆只好贴耳听去。

"采桑亦是在民间无意中遇到那个人，才得知华贵妃一事的真相。"柳湄从容大方的声音稳稳传来，"各位若是不信，人在宫外候着，可随时传召入宫。"

白穆只听得这一句便大吃一惊，自己今日刚刚在商少宫那边发现关于华贵妃一事的信笺，这边柳湄就正好在说这件事？

第七章 真假皇子

"简直可笑至极!"柳行云咬牙切齿的声音传出,"若如洛姑娘所言,华贵妃是家父与贵妃身边的宫女所陷害,动机何在?事发后那宫女出宫,家父也并未从华贵妃一事中得到任何好处!"

"众所皆知,华贵妃摘星阁上纵身一跃,先皇神形俱伤,曾经的柳丞相亦就此平步青云,大小事宜都由他来打理,如何说没有动机没有好处?"

白穆只在屋顶都能感觉到下面剑拔弩张的气氛。

"强词夺理!"柳行云嗤笑。

"具体事宜,宣当年的宫女前来一问便是。"柳湄又道。

"既然如此,请皇上传洛姑娘口中的宫女入宫一见!"柳行云说了一句,随即几名大臣齐声重复了一遍。

"传。"商少君声音平静地说道。

白穆翘首一看,见陵安出殿。

殿内短暂的静谧,白穆连忙理了理思绪。

依那些信中所言,华贵妃的事是太后和柳轼一手策划,但柳湄却说是一名宫女和柳轼策划,且不说这事实到底如何,柳湄为何出来指证自己的父亲?听柳行云气愤的语气,柳湄此举也在他意料之外?柳轼谋害华贵妃导致皇子枉死贵妃自戕一事一旦落实,柳家必不可再在朝廷立足,柳湄此举意在如何?

宫女一说,是她胡诌还是确有其事?

白穆心中迷惑重重,却不知何处得解,只得盯着宫道,等那名宫女入宫。

月朗星稀,夜风依旧寒凉,白穆却一点儿都不觉得冷,只专心致志地望着宫道,看着远处的人影一步步走近,一点点地被宫灯照亮,直至到了勤政殿前,站住,陵安进去禀报。

白穆盯着勤政殿前的那个人,只觉得耳边闪过雷鸣一般,若非身边人一直扶着她的同时将她挟制住,恐怕她会惊得就此滚落下去!

那垂首低眉站在勤政殿前等待传唤的"宫女",分明是……许久不见的阿娘。

（四）朝拾

"有刺客！"

白穆细微的动静仍旧引起勤政殿附近御林军的注意，立刻有人高喊。白穆还未反应过来，便被裴瑜揽着下了琉璃瓦。

两个人刚刚站定，便被几名御林军围住。

那几个人一见是裴瑜，微微一愣，抱拳行礼。

"何人在外喧哗？"商少君低沉的声音传来。

裴瑜微微扫过白穆一眼，便高声答道："贤妃娘娘求见，微臣带娘娘过来。"

短暂的沉默。

"传。"

白穆早就心急如焚，却死死握住拳头，用指甲抠入手心的疼痛来提醒自己冷静。

是的，冷静。

她尚不知此事为何会牵扯到阿娘，不知柳湄是否知道那个人是她的阿娘，亦不知阿娘是否真与这件事有关。

虽然她之前猜测爹娘避世隐居是因为犯过什么大罪，可未必就偏偏是这件事。

"臣妾参见皇上，皇上万岁。"白穆入内，目不斜视地行礼，接着道，"臣妾许久不见皇上，甚是想念，是以……不想叨扰了皇上商议要事，臣妾该死。"

一屋子人齐齐看着突然出现的"柳如湄"，特别在柳湄还在场的情况下，气氛一时有些尴尬。

白穆神色自若地等着商少君，他似是盯了自己许久，方才缓缓道："夜深，爱妃先回去吧。"

白穆自是不愿，正在思忖用什么借口留下，一旁的柳湄开口笑道："皇上，我看贤妃娘娘一身露气，许是已在外等候许久了。更深夜凉，不若让她暖和暖和再回去。"

柳湄此人，除了在外的传言和上次她去朱雀宫一见，白穆并不太了解。从前会时常听碧朱提起，崇拜地说她才貌兼备，聪明绝顶。

白穆虽好奇她到底打的什么算盘，却并不侧目看她，仍旧垂眸俯身，等商少君的吩咐。

"既然如此,你便坐下吧。"商少君幽幽道。

白穆对勤政殿其实极为熟悉,过去的半年来她大部分时间都在这里与商少君一道看书批折子。得到商少君的允准,她往后退了几步,靠着她从前常坐的矮榻坐下,眼神极其自然地落在跪地的妇人身上。

白夫人一直不曾抬头,颇为镇定。

"这位夫人,此前你与湄儿说过的话,可否当着圣上和在场官员的面,再讲一次?"柳湄言笑晏晏。

白夫人一开口,声音里略微的颤抖才显现了她此时该有的紧张。

"奴婢曾是明华宫的宫女阿彩,服侍华贵妃三年。但奴婢早在平建十年便与柳大人识得,一直暗通曲直,直至平建十六年,华贵妃有孕,柳大人称华贵妃待他不善,若不将她除去,恐怕日后仕途受阻,因此与奴婢前后策划了三月余,他从宫外送来奇药,奴婢趁贵妃不备,下在她的茶水中,并串通宫女阿芙在滴血验亲的水里动了手脚。"

白穆听着自己的母亲一字一句没有半分犹豫地陈述足以要她性命的事情,只觉得全身一寸寸地冰凉,心头却有一股无名怒火渐渐腾起,越烧越烈。

这套说辞表面听来有理有据有头有尾没有破绽,但她身为她的女儿怎会不知?平建十六年,正是她出生的年份。华贵妃十月过世,她十二月出生。阿娘若真是那个宫女,如何大着肚子在宫中谋划这一切?

"据微臣所知,华贵妃身边的两名宫女,便是阿芙临终前留信道出曾在滴血验亲的水里动过手脚一事,那时阿彩早已满二十五岁被放出宫。敢问夫人,你若是阿彩,这些年都去了哪里?为何偏偏在这个时候出来指证家父?"柳行云眉头一蹙,目光逼人。

白夫人还未言语,柳湄便先道:"采桑事先答应过阿彩,此事不会牵扯到她的家人。阿彩,你回答右相第二个问题便是。"

白夫人颔首,道:"奴婢近来才回都城,听闻去年柳大人入狱一事,当年他骗我负我,累我半生孤苦,奴婢为何不出来指证他做的好事?"

"皇上!"柳行云跪地拱手道,"这女子身份可疑,所讲的话更是可疑,有刻意编派污蔑家父之嫌!请皇上明察!"

"请皇上明察!"柳行云身后的大臣们齐齐跪地道。

商少君抚了抚额,略有疲惫地扫过他们,沉声道:"朕这么晚宣你们入宫,便是想尽快解决这件事,带柳轼上来。"

陵安领命出门,再进来时,躬身道:"皇上,朱雀宫的碧朱正在外头,称贤妃

第七章 真假皇子

娘娘……"

陵安默默地扫了一眼白穆，顿了顿才道："称夜深，她来接贤妃娘娘回去。"

商少君蹙着眉头，朝白穆摆了摆手。

白穆已经听到她最想听到的部分，想来柳轼过来定不会轻易认罪，后妃不可干政，她继续坐在这里也于理不合，便起身行礼退下。

碧朱果然在外头，见到白穆从勤政殿出来，面上一松。

两个人并肩回去，待到无人处，白穆才问道："你刚刚跟陵安怎么说的？"

碧朱道："我不知道你就在勤政殿，见你这么晚还未回去，便想来求皇上找找你，跟小安子说……说你不见了……"

陵安比碧朱年长几岁，商少君和白穆一起时，便剩下他和碧朱一起。碧朱性子活泼，早与他打成一片，从前都是陵公公前陵公公后的，现下早就改口直接喊"小安子"了。

白穆缓缓颔首，碧朱又问道："发生什么事了？我看勤政殿那么多人。"

白穆看四下无人，便低声把事情讲了大概，隐去了宫女便是自己阿娘的部分。

碧朱闻言，低呼道："怎么可能！若真有宫女敢和老爷勾搭，早被太后灭了！"

白穆自然也明白，但这件事到底为何会与阿娘扯上关系？

"阿碧，你明日一大早便打听打听今日他们审柳轼的结果。"

碧朱点头。

这夜白穆不曾合眼，担心着阿娘，想着阿娘进宫，阿爹又去了哪里？又想着阿爹阿娘被商少君安置在商都城外，按理不会轻易被人发现才是；即便被人发现，她为何要进宫来背上这原本不属于她的罪名？

辗转反侧中，天空已露鱼肚白，白穆的另一半心思落在柳轼身上。若她所猜不错，这突如其来的罪状，这夜柳轼必不会认。她手里虽然有柳轼写给太后的信，但那信并无抬头，也从未在正文中提及收信人的名字，她若交出去，只会让人反咬一口说是写给"宫女阿彩"的。而且信是朝拾殿找到的，"阿彩"又正好是朝拾殿的宫女……

想到这里，白穆心中突然一顿，猛地从榻上坐起，随意披了件衣裳就连忙出门。

"莲玥，莲玥……"白穆敲莲玥房门的同时轻声唤道。

门很快便被打开，白穆几乎同时就拉住莲玥的手，急道："莲玥，你带我去一趟朝拾殿如何？"

莲玥一怔，白穆作势就要跪下，莲玥连忙将她拦住。

"娘娘这是何故？"

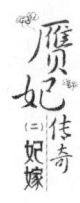

白穆又重复道:"你带我去朝拾殿好不好?"

莲玥神色沉静,点头。

白穆忐忑地跟在莲玥身侧,朝拾殿,她发现的那些信,本是柳轼与太后勾结的证据,即便柳轼不认罪,有他的亲笔信在,也百口莫辩。但如今被人捷足先登,说与柳轼勾结的人是"宫女阿彩",若那些信落在旁人手里,岂不是成了柳轼与"宫女阿彩"勾结的证据?

下午离开朝拾殿的时候白穆担心身上藏太多信引人侧目,只拣了几封重要的,那剩下的……

"娘娘,您要进去?"莲玥沉声问道。

白穆毫不犹豫地点头。

她让莲玥带她来,便是因为这里平日上锁,只有会武的莲玥带着她越过墙壁,她才能进去。

莲玥揽着她,点足轻越。

一落地白穆便小心翼翼地走近商少宫的房间,推门,入门,入里间,商少宫正在酣睡。她凭着记忆找到商少宫敲过的那块砖,轻敲两声,砖块凸起,她轻手轻脚地拿下,定睛望去——空无一物。

白穆回到朱雀宫的时候碧朱正坐在门口的台阶上,一见到她便眸光一亮,见莲玥跟在左右,也没说什么。

直到白穆入殿,她才忙道:"阿穆,我刚刚去偷偷问过小安子了……他说昨夜老爷并不认罪,只说是那宫女的诬蔑,口说无凭。"

白穆的脸色瞬时有些发白。

碧朱一觉醒来就不见了白穆的踪影,也不知她此刻的脸色为何如此难看,只道:"阿穆……你怎么了?"

白穆深吸一口气,眨了眨眼,对碧朱笑道:"阿碧,我一夜未睡,看来很憔悴吧?"

碧朱点头。

"去帮我准备一盅皇上爱喝的参汤。"

碧朱继续点头,匆匆出去了。

白穆坐在镜前,替自己描眉上妆。

这日早朝时间刚过,贤妃便提着食篮出现在勤政殿,陵安弯腰俯身,恭敬道:"娘娘，皇上正忙，娘娘请稍后再来。"

白穆只笑道："皇上近来忙于国事，我只是来送碗参汤。"

说罢，也不管陵安继续说皇上无暇的话，立定在一旁。

她不知道她昨天才发现的信笺怎么会被人取走，也不知道这一切是否是柳湄的安排，倘若都是柳湄的安排，那她刚刚回来不足三个月，竟在宫中有了如此之多的耳目？她必须见商少君一面，有些话她想问清楚。

约莫一个时辰，朝阳烈烈，正正落在白穆眼前，勤政殿的门终于被打开，而开门的，又是柳湄。

她本就容貌过人，今日又显然精心打扮过，朝阳下更显得光彩照人，见到白穆，眉尖微微一扬，便笑了起来。

"娘娘万安。"柳湄行礼，接着道，"娘娘是给皇上送早膳来了？"

白穆还未答话，柳湄便自行起身，朝她走了过来。

那双秋水般的眸子，折射着熠熠光点，一寸寸向白穆靠近。她伸手，握住白穆手里的食篮，身形交错间，含笑在她耳边低语："傻姑娘，他不会见你的。"

白穆转眸盯住她，便见她笑容愈甚，眸子里要化出春色一般："她不是阿彩，我知道。她是谁，我亦知道。只是，你不好奇我如何知道，又是如何找到她的？"

语毕，手臂一收，便将白穆手中的食篮接过去，转身再入勤政殿。

白穆的眼底渗出些微粉红，却一眨不眨地只望着落在勤政殿门口的阳光。直到勤政殿的门"吱呀"一声打开，又"吱呀"一声关上，她才收回眼神，低头看自己空空如也的右手。

不过轻轻一挣而已，手心却被食篮勾出一串殷红的血珠。

（五）等待

白穆回了朱雀宫。

碧朱准备了一桌早膳正等着她。她怏怏地看了一眼，转身进了内殿。

碧朱见她那副神情便知定是没见到皇上，打发了宫人们去外殿，自己凑到白穆身边："阿穆，皇上不见你，是不是还在生昨日的气？"

白穆侧躺在榻上，原本闭着眼，闻言睁眼道："昨日？"

碧朱用力点头："皇上昨日来过呢，在这里坐了足足一个时辰，但你一直没回来，大家都吓得跪了一地，本以为他会大怒，结果临走时大赏了整宫的宫人，回头又赏了几名宫娥过来。"

"宫娥？"

"对啊对啊，你没发现吗？就那几个……看起来傻头傻脑的……"碧朱生怕被外头的人听见似的，小声说，"我昨天跑去问小安子，他说还是从秀女里点的几名呢，他也有替你鸣不平的，但皇上一本正经地说，'无碍，贤妃最喜傻子'。"

白穆原本还锁着眉头一脸郁郁，见碧朱模仿商少君的模样，展眉笑起来。

碧朱见状，松口气："你总算笑了，担心死我了！"

白穆叹口气。

实在是这件事来得太突然，太蹊跷，又是她最在意的人，她一下子乱了阵脚。这两个月她跟商少君怄气，每每对他避而不见，一是想到洛秋容的惨死和被禁闭在朝拾殿的商少宫，二是不想见他白日里与柳湄周旋，夜晚又跑来与她周旋。

刚刚碧朱说的那些的确让她心下稍宽。商少君既然昨日还来找她，还与她置气"赏"了朱雀宫，今日不会无缘无故就不见她。

"阿碧，你帮我注意着柳轼和宫女的案子，我先睡一觉。"白穆深吸一口气，一夜未眠，她需要冷静些再来考虑这件事。

碧朱连连点头，自己也退下，让白穆好好休息。

傍晚时分便有消息传来。柳轼与宫女谋害贵妃一事下午续审，尽管柳轼仍不承认，但有人呈出其十几年前的亲笔信，经验证属柳轼的笔迹无误。柳轼百口莫辩，柳行云及其拥趸亦是辩无可辩。人证物证俱在，皇上当场下令将二人送去慎刑司，三日内定

罪判刑。

正是晚膳时间，碧朱对白穆说完她打听来的消息，白穆也正好放下碗筷。

"唉，老爷这次怕是躲不过了。"碧朱叹口气，收拾着桌上的碗筷。

白穆怔怔地望着餐桌："阿碧，按律这是死罪吧？"

"何止死罪？"碧朱唏嘘道，"这若是十几年前案发，先皇必定要下令诛九族！当年的穆丞相便是被先皇怀疑与华贵妃有染，安了个谋逆罪下令诛了九族！老爷这次到底怎么判……就看皇上和……"

"等等。"白穆原本在意的不是柳轼怎么判刑，而是阿娘怎么判，听到碧朱的话不由得问道，"穆丞相？"

"是啊，阿穆你居然没听说过吗？"

这件震惊朝野上下的大案，不说朝廷，在整个商都恐怕无人不知无人不晓。

碧朱一脸惊奇，转而想到白穆自小偏居，商都都没进过，哪里会有人与她讲这些？便解释道："就是老爷之前那位丞相。据说他与华贵妃私交甚好，贵妃诊出两个月的身孕，皇上认为他嫌疑最大，早早就做了安排，滴血认亲当日，在丞相府找出'私藏'的龙袍……这件事明眼人都知道怎么回事，可惜……"

碧朱撇撇嘴："穆丞相不在之后，先皇就提拔了老爷。真是没想到啊，原来这一切竟然就是老爷安排的……"

白穆的眉头又锁起来。

"阿穆，你怎么突然关心起老爷来？"碧朱不明就里，说道，"不过皇上这次会低调处理这件事也说不定，毕竟穆丞相被诛九族在先，若现在过多追究，闹得老爷的事人尽皆知，岂不是在翻先皇的错案？那可是大不敬！"

白穆却仿佛没听她说话，问了个毫不相关的问题："阿碧，穆丞相的穆，是哪个穆？"

"就是阿穆你这个穆啊。"

白穆扶住额头。

"阿穆你……"

"头疼。我再去睡一觉。"

碧朱愣愣地拿着碗筷，望着白穆走向内殿，完全摸不着头脑。这到底……是发生什么事了？

白穆也想知道到底发生什么事了。

第七章 真假皇子

穆丞相,阿穆的穆。

当初爹娘说他们都不姓白。不姓白,难道姓穆?难道他们身上的案子就是十几年前那位穆丞相的旧案?毕竟诛九族,牵连甚广,有几个在逃的漏网之鱼不足为奇。

这件事是否有外人知道?又是否与阿娘突然入宫背罪有关?

越想越厘不清,越想越是头疼,白穆干脆放任自己什么都不去琢磨,该吃饭吃饭,该睡觉睡觉。总归她想得再多,也都是猜测。

转眼三日过去,这日宫中又传来消息。柳轼定罪,毒害华贵妃,害死皇子,念及柳家对社稷有功,只判他一个人死罪,果然全然未提上任丞相之事。而宫女阿彩畏罪自首,且出面指证同犯,亦只是轻判她一个人死罪。

三日后,午门斩首。

碧朱将这些转述给白穆听的时候,眼见她面色又变得苍白,扶着额头说头疼,要睡一觉。

碧朱默默跟上去,原本是想问问她到底怎么了,却见白穆侧躺在榻上,无声地抹着眼泪。

碧朱眼圈瞬间就红了,这一年多来,她几乎没见过白穆哭。

她关上内殿的门,拉上帷幔,脱掉鞋,挤到白穆身侧,也不再问她怎么了,轻轻拉着她的手:"阿穆,无论发生什么事,阿碧都在你身边。"

白穆眼泪抹得更凶了。

"阿穆想哭就哭吧,我让其他人都出去了,门也关上了,这里只有我们俩。"

白穆靠过来,伏在她肩上,泪水很快打湿了衣裳。碧朱也不再说什么,只静静地陪着她。

半晌,白穆才渐渐平静下来。她没有再哭,沉默了片刻,轻声问道:"阿碧,你爹娘是什么样的人?你还记得吗?"

碧朱想了想:"记得一点点吧。我娘把我卖进柳府之前,给我塞了一个烧饼。"

碧朱打小就被卖进了丞相府,从此再没见过家人一面,也不知他们身在何方。

"你怪他们吗?"

碧朱摇头:"我现在挺好的啊。在丞相府有吃有喝,从小见过不少世面,懂得不少事情,现在还进了皇宫呢!多少人一辈子想进来看一眼都看不到啊!况且……"

碧朱翻了个身:"那时候他们也是穷到没办法了吧,如果不把我卖掉,说不定我早就饿死了。"

"那你会想他们吗?"

时值傍晚,余暮未散,但碧朱此前拉上了遮光的帷幔,使得小小的空间内没有多少光线。朱雀宫又向来安静,两个人肩并肩地躺在榻上,仿佛突然间只剩下她们,可以悄悄讲些小心事。

"会啊。尤其看到老爷对小姐那么好的时候……"碧朱问,"阿穆,你呢?"

白穆静默了一瞬,没有回答,反而问:"你觉得柳湄这个人如何?"

"小姐啊……你知道的,她对我还算好,身边的婢女换了许多,却一直留着我。我偶尔出去玩耍她也不会追究。不过对外人……"碧朱琢磨了一下用词,"我觉得她是像皇上那样的人吧。很聪明,很厉害,有城府,从小到大,只要她想做的事,就从来没有不成功的。"

白穆又是一阵沉默,轻叹口气:"阿碧,你怀念宫外的日子吗?"

"当然啦!"尽管光线昏暗,说起"宫外",碧朱的眼底就像突然亮起星辰般,"在宫外的日子最自由,最开心了!不用看人眼色,不用担心中别人的计,不用害怕掉脑袋!关键宫外有那么多好吃的!"

白穆轻轻笑了声。

"阿碧,待这件事解决了,我们出宫去吧。"

碧朱一愣:"你胡说些什么呢!你走了皇上怎么办,虽然他现在有小姐,但是……但是……哎,其实在宫里也挺好的!"

碧朱转眼就换了说辞:"在宫里没人敢欺负我们,不用愁吃穿的银子,御膳房做的食物偶尔也挺好吃的,无聊的时候还能去找小安子玩耍。阿穆我与你说,小安子这个人其实很有趣,别看他平时在皇上身边一本正经的,其实特会哄人开心,我一逗他还脸红!他人还仗义,最近这些消息都是他告诉我的呢!"

白穆静静地听着,没有插嘴。碧朱继续道:"小安子说皇上最近忙着呢,除了老爷的案子,东昭的使臣不是来了吗?为治理延河的事情两方各不相让,皇上也头疼着呢。阿穆,不要因为皇上最近冷落你,你伤心了就想出宫啊。"

白穆笑着摇摇头。

哪里是因为商少君。

诚如阿碧所说,柳湄这个人,很聪明,很厉害。她突然发现当年跟洛秋容那些都是小打小闹而已,柳湄一出手,便直指她的软肋。

这样一个人一旦进了后宫,自己……斗不过她的。

第七章 真假皇子

　　白穆拉着碧朱的手，往她身边靠了靠，就像入宫前两个人亲昵地分享彼此的小秘密一般，轻声道："阿碧，我告诉你一件事。"

　　夜色已至，朱雀宫已经点亮了宫灯，殿内却显得更加静谧。相比刚刚的啜泣，白穆异常平静地对碧朱说出了宫女阿彩的真实身份，说出了柳湄对她的敌意，说出了她对父母的种种猜测。

　　碧朱似乎是太过震惊，半晌没说出话来，等她反应过来，腾地从床上蹦起来："那我们还在这里做什么？阿穆，三日后阿娘就要被斩首了啊！"她看了眼外面的天色，急道："天黑了，这都过去一天了啊！"

　　白穆躺在榻上，只望着头顶的床幔。

　　"阿穆，我们去求皇上！告诉他这件事，如果他知道……"

　　"傻阿碧，本就是商少君安置的阿娘，他怎会不认得。"白穆轻轻笑了笑，"何况你刚刚还说他那么忙碌，哪来时间见我们？"

　　"那……那……"碧朱急得眼圈都红了，"可是小姐……阿穆，我再了解小姐不过，她若没有十足把握，不会轻易动手。我们如果在这里坐以待毙，恐怕……恐怕……"

　　白穆闭上眼。

　　她明白，柳湄必是有备而来。但她仔仔细细地考虑过，这皇宫上下，谁能帮上她？谁又愿意帮她呢？

　　太后曾经千方百计想送商少宫出宫，结果反被商少君设计。她用商少宫的下落与太后做交换？

　　行不通。此事原事原本就是人后，她不会愿意牵扯其中，否则一旦矛头转移到她身上，即便是太后，也难辞其咎。

　　去找曾经的靠山柳家？

　　行不通。柳家现在是惊弓之鸟，柳轼的事情只会再次让大批官员向商少君靠拢。柳行云也不可能像上次那样，被她骗入宫。

　　还剩一个洛家。她与洛翎几乎素不相识，洛秋容从前又视她为死敌，柳湄还是洛翎名义上的女儿，这件事说不定他都有份，哪里会真心帮她？

　　与其做那些无用功，不如安安静静地在朱雀宫待着。

　　能帮上她的，愿意帮她的，唯有一个人而已。

　　"阿碧，我们不要自乱阵脚。"反倒是白穆安慰起碧朱来，"会没事的，商少君答应过我。"

他答应过她，无论如何，会替她护住爹娘。

她也说过，她信他。

"阿碧，你下次看到陵安，托他帮我带句话给皇上。"白穆望着碧朱，眸光闪闪，亮如辰星，"阿穆一直在朱雀宫等他。"

（六）劫狱

白穆当真就在朱雀宫等着，吃饭看书睡觉，足不出户。其间宫人来报"洛采桑"姑娘来访，她称身体不适，推拒了。

碧朱为此很是不解："阿穆你就不去见见小姐，看小姐要说些什么？万一是能救阿娘的呢？"

碧朱一直视白穆为姐妹，直接跟着她喊了阿娘。

白穆摇了摇头："她若愿意放过阿娘，便不会有此事了。"

碧朱还想说什么，白穆继续道："阿碧，你对我说过商少君的皇位来得很不容易对不对？"

"是啊。"碧朱的注意力一下子就被分散，"皇上当年重病了一两年，许多支持他的势力都倒向二皇子。那时候连小姐都说他太子之位难保。没想到先皇病危时他突然好转，迅速力挽狂澜，从二皇子手里拿下大权，当真不易呢。"

"所以啊，他连那么困难的事都能做好，答应我的事也一定能做好的对不对？"

"可是……唉！"碧朱干脆一屁股坐下，托着腮看白穆正在看的画。

那是皇上送给白穆的一幅丹青，旁边题了一句诗：两情若是久长时，又岂在朝朝暮暮。

转眼又是两日。傍晚时分，碧朱还是坐不住："阿穆，我去问问小安子，看有没有新的消息好了。"

不等白穆点头，碧朱提着裙子就跑了。

夜色很快降临，晚饭白穆只吃了几口便去了内殿。看书，看不下；下棋，一个人下不来；睡觉，睡不着。

还有几个时辰，就要行刑。说一点儿都不担心是假的，只是她到底也没想出比在朱雀宫待着更合适的法子。不想出门去给商少君添麻烦，更不想见到柳湄，听她再说一番挑拨离间的话。

白穆耐心地等着碧朱的消息，她总能从陵安那里问到点儿什么，或许商少君也有些话要通过陵安来传达。

但一个时辰，两个时辰……天色越来越晚，碧朱迟迟没有回来。

不仅碧朱没回,莲玥也不在朱雀宫,白穆问,宫人们也答不上来,只说她晚膳之后出去就没再回来。

白穆便愈发不安,觉得皇宫也尤其安静,静得像是洛秋容从摘星阁跳下的那个夜晚,山雨欲来。

又等了半个时辰,白穆坐不住,出了朱雀宫。

碧朱说去找陵安,她就直接去了勤政殿。勤政殿仍旧灯火通明,宫人和御林军笔直地站在外头,却并不见陵安。

白穆打算直接过去,却被人拦住去路。

"臣送娘娘回朱雀宫。"裴瑜一如既往地一脸冰冷。

白穆皱眉:"本宫要见皇上。"

裴瑜不退步。

"让开!"白穆冷喝。

"请娘娘随臣回朱雀宫。"

白穆亦不退步。

良久,裴瑜放软了口气:"柳姑娘在勤政殿。"

白穆眼皮一跳,低下头。

"娘娘,请。"裴瑜指了归途。

白穆仍是低着头,并不动作。

"娘娘,此刻见不到皇上。"裴瑜又道。

白穆看了眼勤政殿,再看回来时,眼圈有些发红:"那裴总领能否带我去见另一个人?"

裴瑜未答,似在等她后话。

白穆径直跪下:"裴总领,你带我去一趟天牢可好?"

她的耐心,全用在这几天没有丝毫音信的等待中。既然始终见不到商少君,那她要去见见阿娘,她心中有太多疑问亟待弄清。

"裴总领,从前对你的无礼,我在这里给你赔不是。算我求你,带我去一次天牢……我不会捣乱,只看一个人一眼便马上出来。"白穆强忍着就要流下来的眼泪,除了商少君,这宫中有这个能耐,她又能说上话的,就只有裴瑜了。

她不知是因为她是最后一个见洛秋容的人,他对她多有关注,还是仅仅因为听命于商少君,近来时时会撞到他。

第七章 真假皇子

裴瑜仍然是百年不变的冰山脸，冷然地望着她。

"得裴总领大恩，来生……"白穆正要磕头，却被他拦住。

她抬首看他，他朝她极轻微地点了点头。

白穆换了一身太监的装扮，弯腰俯身地跟在裴瑜身后。裴瑜身为御林军总领，天牢里的狱卒也在他的管辖范围，见到他都躬身行礼，并不过问他身后的白穆。

白穆虽然垂首，却一路用眼角的余光打量天牢，灯光昏暗，潮湿而冰冷，长长的甬道左右是并列的各个小隔间，门口是木栅栏，两侧用石块砌死。

裴瑜该是猜到了她要见谁，带着她径直往前走，穿过甬道后又拐了几个弯，才停下来。

天牢分男女牢房管制，其中各个小牢房又是独立的，白夫人被关在一个小间里，附近的牢房都空荡荡的，白穆一看过去，便又红了眼。

裴瑜只叮嘱了一声"快点儿"，便退了几步，立在不远处等她。

白穆疾步上前，到了门前蹲下身子低唤道："阿娘……阿娘……"

白夫人面色憔悴，看起来却比白穆预料中要好，至少应该不曾受刑。她本正睡去，白穆一唤，她的身子便微微一颤，惊醒过来。

"穆儿？"她似乎不敢相信自己的眼睛，环顾了四周，定睛将白穆瞧了又瞧，苍白的脸上才落下泪来。

"阿娘，你快告诉我，到底发生了什么事？"白穆顾不上哭，匆忙问道。

白夫人的眼泪却是一串又一串，掰开白穆扶着牢栏的手，道："穆儿，你快走，别管阿娘。不对，上次就与你说过，你姓白，我和你爹却不是，你莫要再喊我阿娘，我不是你阿娘……"

白穆反手握住她的手，沉声道："阿娘，别说这些无用的话。不管我姓什么，你和阿爹姓什么，我都不会对你们置之不理。你快对我说说到底怎么回事，我好想办法救你。"

"穆儿……我的好穆儿……"白夫人透过牢栏抱住白穆，呜咽道，"你听娘说，你当真不是我们的孩子……"

白穆一时有些发愣，但来不及细想，只问："那你们是不是姓穆？"

白夫人诧异道："穆儿，你……你怎知……"她深吸一口气，擦干眼泪，低声道，"罢了，上次没有时间与你说清楚，这次阿娘长话短说。穆儿，你是否已经知道华贵

妃和穆丞相一事？"

白穆点头。

白夫人道："我和你爹，并非姓穆，但你爹的确是穆丞相的亲信。"

白穆静静听着。

"穆丞相当年能文能武，你爹曾做过他的副将。先皇突然下令诛穆府九族，你爹凭着武力闯入穆府，不想穆丞相自称清白，执意不肯走，你爹只好带着当时已有身孕的穆夫人逃离……但穆夫人身心俱创，路上生下腹中胎儿便过世了……"

"所以我是……"

"不是。"白夫人摇头，"当时你爹带着穆夫人乔装成夫妇躲在一处破庙，穆夫人临盆，你爹一个大男人，手忙脚乱……恰巧庙中还有一名带着稳婆的妇人一并发作，便让两个人一起生产……"

"穆夫人生下孩子便奄奄一息，你爹着急不已，便一时忽略了那个孩子……"白夫人叹了口气，"当夜大雨倾盆，后有追兵汹涌而至，庙中人一见到官兵便四处逃逸，穆夫人当场断气，你爹慌乱之下……"

白夫人顿了顿，道："当时穆夫人产下一名男婴，你爹回到家中才发现，怀中婴儿是名女婴……竟是与那姓白的妇人抱错了孩子。"

白穆愣在原地，万万想不到其中内里这样曲折。

白夫人仍是握着她的手，急速道："我和你爹都是朝廷的通缉犯，自然不敢声张。而且除了你亲娘姓白，其他一概不知，也不好去寻，便只得更名改姓，跟你姓了'白'，而给你的名字取了'穆'字，若你亲娘有意寻找，再探听过当夜御林军追捕的对象，说不定可以从你的名字里知晓一二来……"

"所以穆儿，你莫要管阿娘，阿娘左右逃不过一个死字。"白夫人哽咽着道，"趁现在他们还未查出我和你爹的真实身份，只要我一个顶罪……那顶了便是！你若闹得再大，只会连你爹都牵扯进来……"

"穆儿，你爹说你亲娘衣着华贵，气度不凡，想必不是普通人家的女儿，若非当时错抱了你，你过的不会是如今这样的日子……"白夫人抹着眼泪，道，"本就是我二人连累了你，今后即便你爹的身份被人发现，你也不可鲁莽，明白吗？"

"阿娘，先不说这些。"白穆打断白夫人的话，只道，"无论真假，我不会扔下你不管。你先告诉我，到底是谁找到你的？又是谁让你进宫顶罪？阿爹呢？阿爹现下在何处？"

"你阿爹在宫外一切安好，只要我听话，他便会无事。"白夫人只答了白穆最后一个问题，便又急着说道，"穆儿，你左肩后曾有三颗黑痣，呈三角状，前几年遭野狼袭击时被剥掉，你可还记得？这都是将来你认亲的……"

白穆并不想再听她这突如其来的身世，想要白夫人说些真正有用的话，正想打断她，外面突然传来纷乱的呼喊声。

"有刺客！抓刺客！"

紧接着一个人在外慌张禀报："裴大人，有人劫狱！"

第七章 真假皇子

（七）刺客

外面立刻响起了乒乓的打斗声，白夫人连连将白穆往外推，急道："穆儿你快走！"

白穆还未来得及与她再说上一个字，便被裴瑜拉起身，带着她往外跑。

劫狱的人不少，是白穆从不曾见过的战况。大批黑衣人与牢中的御林军厮斗，不过片刻工夫，天牢里便处处是鲜血和尸体。

白穆面色惨白，裴瑜回头看了看她，再看了看那批正在打斗的人，折身拉着她往另一个方向走。白穆还未反应过来，便被他塞入一个装着宗卷的柜子。他低声叮嘱道："不要出来，危险。"

说着，便用力关上柜门，转身离去。

白穆蜷缩在柜子里，眼前只剩下透过柜门缝隙折射进来的微弱烛光。刚刚裴瑜拉着她已经出了女囚室，这柜子正在囚室入口，再往前便是男囚室，看刚刚尸体分布的情况，刺客要劫的，应该是男囚室的什么人。

她努力平稳气息，正想着谁有胆子在这个时候劫狱，耳边就响起了熟悉的声音。

"父亲。"

白穆心下一惊，竟是柳行云的声音。

接着是柳轼一声怅然的低笑："行儿，为父是该说，你果然未让我失望，还是你终究还是让我失望了呢？"

"父亲，时间不多，走吧。"柳行云低声道。

"少宫呢？"柳轼突然道。

一阵冷肃的沉默。

白穆稍微挪了挪眼，透过柜子的缝隙仍是只见到一片昏黄的烛光，并看不到他二人在哪里，只觉声音应该就在不远处。

"父亲，你已经为他错过一次。"柳行云沉声道，"上次若非我从中周旋，你是否打算赔上整个柳家救他出宫？"

"若非你从中作梗，商少君也未必是为父的对手！"

"父亲！这天下终究姓商！父亲莫不是以为凭借仅仅十几年的政绩便可让民心所向拥你为王？这天下亦终究是商少君的！父亲胜得一时，在商少君面前得寸进尺，几

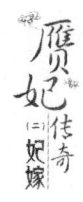

乎忘记为臣之根本,可曾想过有朝一日他坐稳皇位,最先铲除的会是谁?"柳行云的语气是压抑的愤怒,"父亲入狱时行云就曾提醒,父亲不妨好好想想从前所作所为是否值得!时过十八个月,父亲竟还未想明白!"

柳轼不语。

柳行云继续道:"罢了。你究竟走是不走?你若不走,行云孝道已尽,绝不勉强!"

"带少宫一起走。"

"不可能。"

"少宫毕竟是你半个弟弟,为父欠他的……"

这话听得白穆心下又是一顿。

上次柳轼带一批高手入宫,便是为了找商少宫,而太后骗柳轼入宫,也是为了找商少宫,两个人同时被商少君设计,一无所获。

但思及他们的对话和那么些年的私情,白穆也曾怀疑过商少宫的"皇子"身份,只是没有机会印证。

柳行云沉默半晌,才道:"太后已经部署好,今夜会送他出宫。"

话音刚落,白穆便听见利刃削铁的声音,想是柳行云将牢房的锁给劈开了。紧接着一串脚步声,远去之后天牢便一片静谧。

听柳行云刚刚所言,今夜皇宫恐怕是大乱。白穆蜷在柜中,只觉得四下越来越冷、越来越静,静到听不见任何声响,连牢中犯人的呻吟和咒骂声都消失不见,她心中亦越来越忐忑。

过了约莫半个时辰,耳边仍旧是落针可闻,可偏偏连一只绣针落下的声音都没有。白穆小心翼翼地推开柜门,仍旧是昏黄的烛光,冰冷的天牢,只是……

牢房里空空如也。

原本关着的犯人全都不见了踪影,地上隔一段就躺着尸体,有黑衣人的,也有御林军的,未干的鲜血潺潺小溪般在冰冷的地面流淌,白穆看得一阵晕眩,不想那么多,绕过尸体便往白夫人的牢房奔去。

牢房门已经被人打开,里面的人也不见了踪影。

白穆心下狂跳,提起呼吸,压抑着身子的颤抖尽量平静地垂首往外走。

天牢已经无人看管,除了刺鼻的血腥和令人惊骇的尸体,只有透骨的冰冷。白穆速速走出,放眼望去,脑中霎时只有一个念头。

刚刚还静得诡异的皇宫……

第七章 真假皇子

乱了。

火光照亮了大片宫宇，是上次仪和宫大火无法比拟的火光，长龙般贯穿整个皇宫。四处都是惊慌失措的宫人，隐约可见大批黑衣人穿插其中，虽不杀手无寸铁的宫人，见到阻拦的御林军却毫不手软。

白穆的脑袋蒙了半晌，第一反应便是回朱雀宫。

如今这局势混乱不堪，她完全不知到底发生了何事，在外游荡只会徒惹事端，不管阿娘去了哪里，明日的处斩肯定会耽搁，先回朱雀宫弄清形势再想办法。

如此想着，白穆沉着地避开人群和火光，依记忆寻偏僻的小道往朱雀宫绕去。

往朱雀宫的方向人并不多，火势也未往那边蔓延，白穆一路忐忑，却也还顺利，只是在门口的时候被一个人堵住。

白穆皱了皱眉。

柳湄。此前她不是在勤政殿吗？这个时候来朱雀宫做什么？特地堵她？

"不知这么晚，宫中又是大乱，娘娘穿成这样，是去了哪里？"柳湄笑得眉目飞扬，格外美艳。

白穆不欲搭理她，抬脚就要入殿，柳湄又道："娘娘不想知道今夜宫里发生何事？"

"无须你来告知。"白穆冷声道。

"今夜柳行云带着刺客入宫劫狱，放出了几乎全部囚犯；太后安排了内应送二皇子出宫，再次火烧皇宫；还有一批不知来历的人马直奔皇祠，目的何在不得而知。"柳湄略一转首，笑道，"正巧采桑在皇上身边还未离去，便顺道来看看娘娘。"

白穆垂着眼，低笑了一声，道："洛姑娘深得皇上喜爱，木宫艳羡不已，自叹弗如，先行回宫了。"

白穆转身便要走，柳湄却一手将她拉住，道："娘娘不想知道母亲的去处？"

"本宫心思不及洛姑娘，心狠更不及洛姑娘，不知道的事情，不想便是。"白穆狠狠甩掉柳湄的手。

"你说我为何偏偏盯上你的母亲呢？"

"不感兴趣。"

"你说为何家父入狱一年有余，却迟迟未有定罪呢？"

"不感兴趣。"

"你说为何我突然更名改姓成了洛家的女儿呢？"

"不感兴趣。"

"那你说说，为何皇上一改常性，突然对你千般宠百般爱呢？"

白穆冷眼睨着柳湄，笑道："自然是沾了洛姑娘的光。皇上待本宫的好，哪及得上皇上待洛姑娘半分？"

"你这样口是心非，真让采桑难办。"柳湄低笑道。

白穆不再言语，只转身推开朱雀宫的宫门。

柳湄继续道："我是看在同为女子的分儿上，提醒你几句罢了，不想你对我不是闭门不见，便是避之如蛇蝎。"

白穆的步子顿了顿，却并不回头，柳湄的叹息声从背后幽幽传来。

"傻姑娘，你就不曾想过，为何承宠这样久，你却不曾有孕？"

皇宫内火光冲天，朱雀宫里却阴风阵阵。已近子时，往常宫人熟睡的时间，今日恐怕没有一个人能安然入眠。

碧朱没有回来，莲玥也没有回来，甚至此前在朱雀宫的宫人都消失不见。地上有宫人惊慌失措落下的外披，有从大殿屋檐掉下的碎瓦，朱雀宫没有着火，但有明显的打斗痕迹，也不知是不是哪路刺客路过这里，把宫里人都吓了个惊慌四散。

白穆坐在殿门口的台阶上。

朱雀宫没有人，她也不知该去哪里。内殿的烛火是灭的，殿外的灯笼却还亮着，勉强维持些许光亮。初秋的夜晚，已经有了少许凉意，门口的银杏树叶被昏黄的灯光照得金灿灿的，像极了深秋时节。

她突然想起了去年的秋天，洛秋容自尽之前，她在朱雀宫里再一次对商少君坦承心意，他抱着她说"最后一次，再也不会瞒你"。

那时她望着一片金黄的秋叶飘然落下，随风而逝，说只要你说，我便信。

转眼一年已过，当年盛宠一时的淑妃已如夏花般盛开又凋零，专横跋扈的裴雪清不知在哪个角落终归沉寂，以为化作尘土的柳湄却突然出现，或许不久便会叱咤后宫。

唯有这朱雀宫，一如既往地冷清。

白穆坐了许久，台阶都被夜晚的露气沾得半湿，既没等到碧朱，也没等到莲玥，却等来了最出乎意料的那个人。

商少君只身一人，明黄色的袍子鲜亮耀眼，黑色的发丝缠绕着随风飘落的残叶，清俊的脸庞迎着月光，净冷却俊朗。

白穆一眼见到他，只怔了怔便眼窝一热，上前拉住他的手上下打量道："商少君，

第七章 真假皇子

你没事吧？"

商少君眸光一闪。

"今日皇宫这样多的刺客，你没事的吧？"白穆踮脚搂住他，"没事便好，你安然无恙便好。"

商少君似乎低吟了一声，要说什么，最终没有出口，只反手抱紧了她："冷不冷？"

白穆摇头。

商少君顺了顺她的发，拉着她的手，带她入殿。

"手都透凉了，还说不冷。"商少君关上殿门，微微笑着将白穆的手窝入怀里，随即就势将她打横抱起。

白穆一声低呼，反手搂住他的脖子。

"商少君，今晚发生了什么事？为何会有大批刺客同时入宫？听说有三批人马对吗？"白穆急不可耐地问道。

商少君却不急着回答，几步就将她放在榻上，不经意地扫了一眼她的脚，替她脱鞋："刚刚去哪儿了？"

白穆这才发现，自己回朱雀宫换了衣服，却没有换鞋。因为回来的时候走的偏僻小道，鞋子上沾了不少泥巴。

"就……出去看了看……"

白穆垂着眼皮，低声道。

商少君没有追问，黑色的眸子沉沉地望着白穆，其中点点细碎的微光闪烁，像是雨夜里偶见的微弱星光。他将她落在额前的碎发挽在耳后，伸手将她拥入怀中。

良久，没有言语。

白穆感觉到自己的心跳在他温暖的包围下渐渐平复，才缓声问道："商少君，阿娘呢？"

"已经安置妥当。"

白穆轻出一口气，将商少君推了推，想要与他面对面好好讲些话："今夜到底发生何事？为何……"

商少君眼神一凝，微微皱眉，再次将她拉入怀中："朕累了，休息吧。"

殿内本就未点灯，不过借着清冷的月光，才有些许光亮。再将床幔拉上，榻上便暗得密不透风。

初秋的夜晚，算不上寒冷，但折腾半晚，白穆的身子还是有些发凉。好在商少君的气息一如既往地火热，盖着薄被不过片刻，已经感觉到手脚都重新回暖。

白穆侧着身子，脑袋靠在他胸前，他的呼吸便均匀地喷薄在她的发上。

她不知道他睡着没有。但她却始终无法入眠，甚至还保持着十分的清醒。可以听见偶尔有宫人回来，脚步声到了内殿门口，大概是看到榻前的两双鞋子，便又折了回去。

侧躺久了，她的手臂有些发麻。她却不想动。

她和商少君，很久没有度过这样的夜晚了。

但她终究还是轻声问了一句："商少君，她是如何找到阿娘的？"

意料之外的，他竟然还没睡着："朕亦不知。"

她再问："为何柳轼迟迟不曾定罪？"

"柳家适宜步步盘剥。"

"为何柳湄改姓洛？"

"洛家势不久矣。"

"那为何你……待我这样好？"

"阿穆，朕……"商少君突然顿住，托起她的脸，暗沉的眸子幽幽盯住她，墨色如同天际燃烧的烈焰，覆盖了整片世界，"爱你……"

白穆鼻尖一酸，眼泪突然如漫无边际的雨，滂沱落下。

三年的苦等，三年的守候，三年来心心念念，献出她的心，她的身，她的爱，她所有的坚强，她所有的执着，终于等来这句话。

她不再问了。

不再问他和柳湄之事的原委，不再问他这几日为何一点儿消息都不给她透露，不再问他打算如何处置她、如何处置柳湄，不再问今夜到底发生何事……

只要有这一句话，什么都够了。

她看到积聚在心中的所有担忧、恐惧、委屈，随着自己的眼泪，如同春雨般淅淅沥沥消失不见。她用力抱住他，将脑袋深埋在他怀里，不让他看到她的眼泪，不让他看到她那些埋藏在内心深处的惊惧。

管他窗外烽火连天，她只求红绡帐里，这一隅净土。

"阿穆，明日我送你离宫。"

"嗯。"

"阿穆，给我生个孩子吧。"

"嗯。"

"阿穆,等我去接你。"

"商少君,我……一直在等你。"

第八章 真假情逝

第八章 真假情逝

（一）撞破

这一年的初秋过得格外缓慢。白穆坐在矮榻上望着半黄落叶翩翩，平静的心仍旧被微风吹起了涟漪。

她已经等了整整一日了。

本以为昨夜皇宫大乱，碧朱和莲玥才会夜出未归，但今日火已灭，乱已除，她二人竟仍旧未归。

莲玥便罢了，她有武力在身，又是宫中老人，熟知皇宫生存之道，她不必为她担心。可阿碧呢？

朱雀宫其他人等倒是在天亮之前都陆陆续续赶了回来，说是宫中突然大乱，又发现白穆不在宫中，找人的找人，打听消息的打听消息，一下子散了。

白穆一大早让绿翠去后宫内外找了一圈，连常人进不去的勤政殿和虔心宫，都给了腰牌让她去看看，始终没见到人影。

白穆心中难免有些焦急。

昨夜商少君说最近宫中事多，今晚趁夜送她出宫去避一避，待事情平息了再接她回来。这与她之前的想法一致，她不想在宫里时时面对柳湄突如其来的挑衅，也想暂时出宫去透透气。因此没有犹豫就同意了。

但她若要出宫，自然得带着阿碧。

待到傍晚时分，太阳都快没了影子，白穆仍旧未见到碧朱。她干脆随便找了件宫女的衣服穿上，带着朱雀宫的牌子出去了。

若是以"贤妃"的模样出去，难免招人侧目。今夜她还要悄无声息地出宫去，并不想中途横生枝节。

白穆穿着宫女装往陵安旁边一站，他愣了半晌，才支支吾吾道："娘……娘娘？"

白穆不想耽误时间，直接问道："陵公公，昨日阿碧来找你，你可记得几时离开的？"

"阿碧？"陵安马上皱起眉头，"阿碧姑娘并未来找奴才。"

白穆亦皱起眉头，道："那公公可曾在勤政殿附近见到阿碧？"

"奴才昨日领了皇上的圣旨，有要事在身，并不在勤政殿。"

"那我可否求见皇上？"碧朱找不到，出宫的计划恐怕要改改时间了。

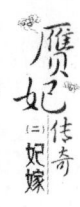

陵安略有踟蹰："皇上……皇上正忙，要不娘娘还是先回去？"

白穆眉头皱得更紧，但也未多争执，犹豫片刻，道："公公在宫中认识的人多，能否麻烦公公帮我找找阿碧？她昨日傍晚说来勤政殿，到现在都不曾回朱雀宫，倘若还找不到她，今夜……"

陵安是商少君的心腹，白穆估摸着，商少君的安排，他多少是知情的。但话还是只说了一半，并未说得那么透彻。

"阿碧昨夜便不曾回朱雀宫？"陵安也有些诧异。

"是，我也是不得已才……"

"娘娘勿要多礼，奴才自当尽己所能。"

白穆忙俯了俯身："那如湄在朱雀宫等公公的消息。"

说罢转身就走。

其实她对陵安的"消息"不抱什么希望，毕竟此前已经让绿翠在宫内找过一圈。昨日阿碧离开朱雀宫时是傍晚，刺客是在将近子时才发难，碧朱应该不会被波及。但她若没见到陵安，应该会马上回朱雀宫才是，不会无缘无故在外逗留，让她在朱雀宫一直等她。莫不是在路上碰到什么人，拦住了她的去路？

昨夜宫中虽乱，但夜深之后刺客方才发难，阿碧不可能被他们拦住。那这皇宫内，会拦住她的还有什么人？

白穆的心跳突然乱了几拍，脚步也跟着乱了乱。

莫非是柳湄？

昨夜她也进宫了的。

"娘娘……"

白穆才走出没多远，又听见陵安的低唤声。

陵安在她身前弓着身子，犹豫道："娘娘，奴才知道娘娘今夜会出宫，眼看时辰就要到了，因此斗胆多言一句。"

陵安抬眸看了她一眼，眼底有些忐忑和不安，白穆忙道："公公尽管直说，如湄知道时间太短，公公恐怕也是难办。"

陵安恭谨道："皇上此刻应该在沉香阁。"

白穆一怔，思及陵安向来与碧朱交好，也不再多问，正要言谢，陵安已经退下。

白穆也没有精力多想商少君为何留下陵安一个人在勤政殿门口，却独自去了沉香阁，只想着倘若碧朱昨日碰到柳湄，要想从柳湄那里要到人，恐怕必须商少君出面才行，毫不犹豫地便大步往沉香阁去。

沉香阁在西十一宫，地处偏僻，与极西的摘星阁较近，白穆很轻易地找到，推门进去。沉香阁并不似摘星阁那样的高层建筑，而是一间小巧精致的宫殿，前院花草繁茂，并未因着秋日的到来而早早枯萎。殿门的廊柱鲜红光新，想必这宫殿才建起来没几年。

白穆踱步到门口，敲了敲门，无人应答。

门未落锁，白穆轻轻推开。殿内并没有人，但殿内陈设齐全，且全都极为精致，显然是精心布置过的。她移步里间，屏风床榻被褥看来都极新，应该置入的时间不长。

这么偏僻的地方，还住了人不成？

白穆正在疑惑着，听到外面殿门"嘎吱"打开的声音，想是商少君现在才过来，正要出去，却突然被人一拉。

她惊得险些叫出声来，却被人捂住口鼻。

她侧目一看，竟是裴瑜。

裴瑜带着她快速退入榻边屏风隔出的隐蔽空间，两个人蜷在一起，躲了起来。

白穆不知裴瑜是随着她入的沉香阁，还是之前就在这里，他的气息太轻，存在感太弱，在此之前她根本没发现这间屋子里还有另外一个人的存在。

"湄儿可还记得这里？"商少君的声音从殿外隐隐传来。

原来不只他一人，柳湄也在。

"自然记得。"柳湄声音含笑，"你十五岁那年的生辰，先皇问你想要什么，你说想要我时常入宫来陪你，求先皇建了这间宫殿，以便我在宫中过夜。"

"朕还以为这几年你在外头玩儿得尽兴，全忘了。"商少君笑道。

"谁都敢忘，怎么敢忘了圣上。"柳湄声音娇嗔，接着道，"你呢？那柳如湄可还有趣？"

两个人说着，便挽手入殿。

虽有屏风挡住，白穆仍旧从缝隙里看到二人款款而入的身影，随即对话的声音更加清晰。

"湄儿说呢？"商少君惯有的笑问语气。

"我看你玩儿得不能自拔。"柳湄笑声揶揄，"那傻姑娘也是够痴情的，我几番提醒她竟全然不信。"

"哦？"

"我暗示她你不杀柳轼，因为是我的生父；我做了洛家女儿是因为你想要给我一

个显贵的身份；你待她只是逢场作戏，她竟一副相信情比金坚的模样。"柳湄一声嗤笑。

两个人说着，便入了里间，在窗边的矮榻上坐下。

白穆正好将二人看个清楚，却不知是否天色近晚，眼前一阵晕眩，身上的力气渐渐抽离，不知自己是梦是醒。

"世间女子岂能都如湄儿聪颖？"商少君笑着将柳湄揽入怀里，抚了抚她的刘海，"早知你能待柳轼如此狠心，朕何须留他一年多，还让柳行云钻了空子？"

柳湄扬了扬眉："当初若非他趁你不在逼我改嫁商少宫，我又何须诈死？他是被权势冲昏了头脑，也只有哥哥会顾念着他，还为他劫了狱。"

商少君睨了柳湄一眼，笑道："同样是柳轼教出来的，你和柳行云倒是反了性子。当初他在朕面前投诚说愿意助朕，只求保父亲一命，朕还以为是他糊弄朕放松警惕的借口。"

柳湄无奈道："他从小便是那样，无论父亲怎样教，他都在私下与我说宁愿一家人远离官场过普通人家的日子，哧……若只是那样，父亲辛苦那么些年是为的什么？若非他从中阻拦，我岂会时隔三年才回到你身边。"

"他倒也不容易，看得清局势，用手上的势力步步掣肘，松松紧紧有进有退，一方面怕被朕釜底抽薪，一方面不敢将朕逼得太紧，担心朕破釜沉舟，这次若非是你，恐怕他还不敢孤注一掷地去劫狱。"商少君笑着倒了两杯茶水，端起一杯送到柳湄眼前。

柳湄眼底水光盈动，翻身一手搂住商少君，一手握着他的手，就着他的手将茶水一饮而尽，才心满意足道："如此，喝茶才有趣味。"

"湄儿越发大胆了。"商少君笑道。

"若不大胆，岂能制住我的少君？"柳湄眉眼含春，笑得妩媚，随即讥笑道，"若是像那如湄一般被你闹得父母双亡而不自知，岂不凄惨？"

白穆耳边"嗡"的一声，只听商少君冷声道："他们本就是穆府余孽，死有余辜。"

白穆的身子有些发抖，柳湄继续问道："今早处斩时，可曾如你所料有人出手相救？"

"不曾。"商少君惋惜道。

"那是你估算有误？"

"或许。"

白穆开始挣扎，想要脱离裴瑜的桎梏，想要看得更清楚一些，看看外面那个人究竟是不是商少君。他昨夜才说已经安置好阿娘，为何现在变成了今早已经将阿爹阿娘同时处斩？但裴瑜将她牢牢压制住，移动不了半分。

"即便在寻她的不是穆府最后的孽种，也是白子洲的人。"商少君仍在继续，"或许关系不太亲厚，才不曾出手救下那两个余孽。"

"你确定她左肩后有三颗黑痣，是白子洲要找的人？"柳湄问道。

"你怀疑朕的判断？"商少君笑睨着她。

柳湄眸光一柔："啧啧啧，刚刚还说我狠心……我看要比狠心，这世上无人可及少君。你待她百般温柔诱不出那个人，你将她母亲扔进天牢诱不出那人，你真杀了她的父母仍旧诱不出那个人，你可还有什么法子？"

商少君唇角一扬，眸光流转："昨夜趁着大乱，朕说今日送她出宫。"

"然后？"

商少君笑："途中安排了刺客取她性命。生死关头，那个人总该会出现。"

白穆的眼泪已经蓄了满眼，却执意不肯流下。她不信，不信她听到的话。他昨夜说的明明是送她出宫暂避风头，今日却说安排了刺客取她性命，只为诱人出来救她……

"她竟信了？"

商少君一声嗤笑："她也奇异得很，无论朕说什么，她都信。"

"啧啧啧……我看是皇上狠心得很，当初为了对付洛秋容给她用药使她不孕便罢了，杀了人家的父母不算，还要取她的性命……"

"湄儿不忍？"

柳湄只是笑着，并不言语。

"除了湄儿，没有人配有朕的孩子……除了湄儿，任何人的命……一文不值。"

柳湄身子一倾，搂住商少君的脖子，低笑道："少君当真是这样想的？"

"若有妄言，天诛……"

柳湄捂住他的嘴。

四目相对，情意蔓延。

白穆已经没有力气再挣扎，只觉得全身的力气都被抽干，脑中一片混沌，心里有个声音在轻轻地说："不是真的，都不是真的，他为了迷惑柳湄才那样说，他骗的人是柳湄。"又有一个声音说："怎么会不是真的呢？"

原来他知道，他什么都知道。知道柳行云的不忠，知道阿爹阿娘和穆府的关系，知道外头有人在找她，甚至知道……她背后的三颗痣。

他有什么理由要迷惑柳湄,要欺骗柳湄呢?所有他知道的一切,他对她讳莫如深只字不提,却与柳湄谈笑风生。

白穆不愿再想,那声音却蓦然变得尖锐又刺耳。

"你以为你终于守得云开见月明?你以为真心的付出必有回报?你以为谁都没有铁打的心肠?"

醒醒吧蠢货!

白穆浑身一阵战栗,眼泪决堤而落。

醒醒吧蠢货!

其实有些人,是没有心的。

其实这三年的痴心等候,她的心,她的身,她的爱,她所有的执着与坚强,换来的不是一句"我爱你",不是"无缘长相厮守",而是——

"一文不值。"

白穆听着屏风外的人在榻上调侃嬉笑,望着烛光下相拥相依的身影,猛地闭上眼,捂住双耳,可即便如此,她仍旧清晰地听到了二人的对话,一字一句地刺在心头,刻在耳边。

"对了,我昨夜在勤政殿外碰见碧朱,她竟想进去找你求情。"

"哦?"

"我说想救她主子,就乖乖去洛府等着我,她竟毫不怀疑地就出宫了。"

"然后?"

"这种抛弃旧主的贱婢,还能有什么然后?今早扔去近郊的军妓营了。"

耳边一声尖锐的长鸣,似乎有什么东西在她脑中轰然炸裂。她终于如她所愿,再听不见屏风外的声音,而是蓦然被各种杂乱的声音充斥了整个脑海。

"傻姑娘,你就不曾想过,为何承宠这样久,你却不曾有孕?"

"阿穆,给我生个孩子吧。"

"除了湄儿,没有人配有朕的孩子……"

"若是像那如湄一般被你整得父母双亡而不自知,岂不凄惨?"

"他们本就是穆府余孽,死有余辜。"

"这种抛弃旧主的贱婢,还能有什么然后?"

"今早扔去近郊的军妓营了。"

"阿穆,明日我送你离宫。"

"今夜朕会送她出宫，途中安排了刺客取她性命。"

"除了湄儿，任何人的命……一文不值。"

她看到自己合着双手，虔诚地捧着自己全部身心，跪着送到他眼前，他嫌恶地甩落在地，用脚尖踩得支离破碎，鲜血淋漓。

（二）决断

白穆不记得屋内的烛光何时灭掉，不记得那两个人何时离去，不记得自己的身子何时得了自由，待她回过神来时，脸上的泪水已经风干，屋子里漆黑一片，她还是躲在屏风的角落里，抱着自己，裴瑜已经与她拉开了距离，半蹲在她身侧瞧着她。

她突然笑了笑。

裴瑜皱了皱眉。

她自行站起身，慢步往外走。

裴瑜默默地跟在她身后。

"你想做什么？"良久，裴瑜突然问。

白穆回头，笑了笑，道："随便走一走，吹吹风。"

裴瑜不再说话。

白穆继续缓步向前，到了摘星阁前，抬头望了望，回头笑道："裴总领随我上去看看可好？"

裴瑜又蹙了蹙眉，颔首。

白穆一步一步地向上走。

这是她第四次登摘星阁。

第一次她撞破柳轼和太后的私情，慌乱之下跑上二层，纵身跃下，被商少君抱住。第二次她被诬陷有孕在身，想拖柳行云下水，怕他临场逃窜，约在了摘星阁顶。第三次洛秋容寻死，她与她向来不和，却仍旧不愿看到一尸两命的下场，不顾一切奔了上去。

想来这真是个有意思的地方，每次有难时，绝望时，她来的都是这里。

再次登上楼顶时，她一点儿都不觉得累。夜色正好，圆月当空，星辰满布，宫墙外的世界冷清而寂寥，正如此时迎面吹来的秋风。

她刚刚靠在围栏边，裴瑜便神色一闪，就要向前，白穆已经取下发上的簪子，对准自己的喉头。

"你也觉得我很蠢是不是？"白穆笑得苍白，眼底生气全无。

裴瑜只是望着她，立在不远处，面色一如既往地冰冷。

"你是谁？"白穆盯着他。

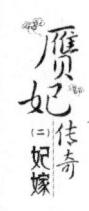

说她天真愚蠢也好，说她后知后觉也好，她曾经相信自己，相信她那双眼所看到的，事实却告诉她，人的表皮是不可信的。

若说裴瑜是因着洛秋容，近来才频繁在她眼前出现甚至带她去天牢，这般深情，洛秋容生前为何连见他最后一面都不能得偿所愿？若说裴瑜是奉商少君之命保护在她左右，刚刚那样秘密的事情被她旁观，他岂会纵容？现下又岂会随着她来到摘星阁？

"你不是裴瑜。你到底是谁？"白穆声色一冷，瞪着他。

她从前的确很少和裴瑜有接触，但基本的模样身形她还是记得的。她自认打小眼神极好，记性极好，不会认错人，不会记错事，然而这世间事，岂是她一双肉眼便可参透？

裴瑜只是稍稍怔了一瞬，面上便有释然的神色，身子略略一松，整个人便有了不同的神气。尽管还是同一张脸，同样的身形，透出来的气息却不再相同。

"我不管你是谁，我要见商少君。"白穆逆着夜风，声色尖锐。

裴瑜转目望着她："你还要见他？"

"你去叫他过来，我要见他！"白穆的簪子已经戳破颈上的皮肤，沾了血迹。

裴瑜负手而立，望向苍茫的夜色，只淡淡道："你若想走，只需一句话，我便带你离开。"

"我要见商少君！"白穆低吼，眼泪随之夺眶而出。

裴瑜眉头微蹙，半晌，才恢复到他应有的神色，冷声道："娘娘请稍等。"

商少君来的时候，身边还带着柳湄。

白穆望着两个人携手而立的般配身影，嘴角不由得扯出笑容。

是她痴，是她傻，是她奇异，无论他说什么，她都信。他一句承诺会护好她的爹娘，她便一直在朱雀宫傻傻等着他；他一句"事情并非尽如世人所言"，她便相信他和柳湄的青梅竹马另有隐情；他一句秀女入宫之前会将事情解决，她便相信他不会轻易让柳湄入宫，却不曾想过，解决的到底是柳湄，还是她。

"你怎么在这里？"商少君眉头微微一蹙，眼底的寒意便幽幽透出。

白穆突然想到当年她初入宫，他也时常这样看着自己，这样久的缱绻纠缠，竟让她将他曾经的一面忘得一干二净。

不，不是他曾经的面貌，而是他原本的面貌。

"那我应该等着被你送出宫，等着你安排的刺客来取我性命吗？"白穆轻笑道。

商少君眼神略略一沉，展眉道："那你让朕来这里，又是何意？"

第八章 真假情逝

白穆盯着他，一眨不眨，似要一眼看入他心底去，良久，声调突然柔和下来，缓缓道："商少君，当初阿爹为了你身上的伤，整日上山采药。阿娘为了筹买药的银子，日夜织布绣花，你可还记得？"

商少君神色晦暗不明，只是立在她身前不远处睨着她，并不言语。

"当初我带着你上山打猎，湖边垂钓，蓝天白云，水秀山清，你说从未这样快活过，你可还记得？"

"当初跪在阿爹阿娘面前说非我不娶，会一生一世怜我、惜我、敬我、爱我、疼我，你可还记得？"

商少君眸色愈暗，神色亦愈冷，对白穆的声声质问不发一言。

"商少君，你告诉我，你对她所说，到底是真是假？"白穆指着一旁的柳湄，泪水盈满眼眶。

柳湄闻言，粲然一笑："傻姑娘，当初我几番提醒你不肯信，事到如今还问真假？"

白穆并不理会柳湄，只是盯着商少君。

"你要我死对吗？只要你点一点头，不用你精心设计，我马上纵身跃下，看能不能诱出你想见的人来可好？"白穆笑言。

商少君仍是凝视着她，眸子里的光明明灭灭，缓缓向前踱了几步。

白穆整个身子都贴在围栏上，与当初的洛秋容一无二致，只是她不甘心。尽管亲耳听见亲眼看见，她仍旧不甘心。

不甘心这么多年的付出付诸东流却没有一个解释，不甘心不曾亲耳听见他说一句是或不是便死得不明不白，即便明明知道，昔日的温言软语，体贴入微，明宠暗宠，都是假的。

对她说过的话，他可以对另外一个人说；对她做过的事，他可以对另外一个人做，对她所有的依依许诺，他都可以在另外一个人面前不假颜色地推翻。

甚至……

"商少君，那你告诉我，你如何得知我左肩后曾经有三颗痣的胎记？"白穆软语笑问，"我的左肩早在我进宫之前就是可怖的伤疤啊，你告诉我，如何得知的好不好？"

商少君面色更冷，仍是不语。

"商少君，其实……你记得对不对？你从来不曾忘记对不对？否则怎会知道我左肩后的胎记呢？"白穆想努力维持笑容，但话一出口，眼泪便不受控制地掉下来，"其实所有事情，你都记得对不对？你记得凌河边的相识，记得打猎时的恶狼，记得连理

树下的誓言，对不对？"

"可是……为何你不承认？为何你要骗我？为何你从头到尾……都在骗我呢？"白穆的眼泪，大雨般滂沱落下。

她不怪他几番利用，不怪他心机深沉，不怪他忽冷忽热，她甚至可以理解，身为商少君他应该有自己的城府，身为一国之君他应该有自己的手腕，可是她不明白，身为阿不，他何其忍心？

商少君终于有了些许动作。他举步上前，月光下的脸色蓦然柔和，微微笑了起来。

"你想知道为什么？"

白穆泪眼迷蒙地望着他的笑容。他曾经对她有过许多笑，温暖的笑，宠溺的笑，嗔怪的笑，只是这些笑……却不是真的。她想要后退，却是退无可退，半个身子已经紧紧靠在围栏上，剩下半个身子摇摇欲坠。

"朕告诉你为什么……"

不过眨眼间商少君便走到她身前，突然将她拥入怀中，温暖的气息激起更多的眼泪。他像从前无数次做过的那样，安抚地轻拍她的背，轻柔地抚顺她的发，倾身抱着她，鼻息喷薄在她耳边，情人般的轻声低语。

他说："阿穆，我和你的命绑在了连理树上，再也分不开了。"

几乎是与此同时，尖锐冰冷的匕首直入心脏。

白穆蓦然睁大了双眼，眸中的光点渐渐晕染成墨，随之一片空洞。

她爱着的那个人，耗尽全部身心去爱着的那个人，永远……永永远远地，说着世上最好听的情话，做着世上最狠绝的事情。

柳湄说得对，要比狠心，世上无人可及商少君。

白穆握着插入心口的那把匕首，鲜血顺着手心淌下，身子因着无力而顺着围栏滑落。白穆一眨不眨地望着商少君刀刻般的脸庞。

"为什么……

"为什么……

"为什么啊？"

她也不知自己哪里来的力气，用力拔出匕首，甩开，喷涌而出的鲜血在商少君明黄色的衣襟上留下猩红的一笔，与他在她生命里篆刻出的痕迹别无二致。

商少君神色不变，居高临下地冷睨了她半晌，才转身揽着柳湄离开。

末了，不忘吩咐："放火，烧了。"

第八章
真假情逝

大火很快便肆虐在摘星阁顶端，白穆望着眼前越蹿越猛的火光和她身上流下的血融成一片，挂满泪水的脸上莫名绽放出妖艳的笑容。

她的身子被烈火灼热，不再寒冷，真好。

她的心口被匕首刺穿，不再疼痛，真好。

她的生命正在流逝，不用再思考，真好。

她躺在摘星阁顶层的天台上，任由滚烫的火焰寸寸逼近，举目望着布满星辰的夜空，意识渐渐抽离，嘴角的笑意却越来越深。

她看到初雪细碎连绵，商都城门处的火光闪闪烁烁。他身姿挺拔地骑在马上，迎着雪花的黑发添了几许残白，眼色暗沉嘴角带笑，慢慢走近跪在地上衣衫简陋的她，微微倾身，黑发顺着身子滑下，抖落几颗雪粒子，正好落在被他抬起的脸上。她方才还紧张苍白的脸庞一瞬染上兴奋的桃红，仰身紧紧抱住他的颈脖。

她看到春雨细腻而缠绵，顺着斜风落下。他立在城墙根处，黑色的大氅随风没入夜色，周身被朦胧烟雨笼罩，墨发在风中飞扬，沾上的细小雨粒不经意地落入深潭般的眸子，却激不起丝毫涟漪。她呆愣地下了马车，远远地凝视他。他一眼望见，柔色在冷肃的眉宇间化开，深潭也融入春色，荡漾起和暖的笑意，大步向前，将她抱了满怀。

她看到夏日绯红的夕阳温暖而耀眼，透过窗棂将朱雀宫的影子拉得斜长。他闲适地坐在饭桌前，细腻的汗珠挂在额头，几缕乱发贴在鬓角，她仍旧穿着厚重的衣裳，半点儿不显燥气，垂着眼自顾自地吃饭。他一直望着她，不时往她碗里添些菜，她抬头，蹙眉看他，他便讨好地弯眉轻笑。

她看到秋风刮落枯枝残叶，秋雨勾出斜长的丝线。她扬着倔强的脸，为了维持仅剩的一点儿骄傲，神色平静地诉说着对他的爱恋，他神色莫测，眼底情绪几番变化，最终弯腰将她拥入怀中，她便看到那一片细小的黄叶，飘飘摇摇地，摇曳出它一生最后的曲线。

"最后一次。朕不会再瞒你。

"当真是朕愚钝，不得人心者，不得诉之笔端。

"从始至终，我所欢喜的，只有你一人而已。

"阿穆，朕……爱你……

"放火，烧了。"

最终，白穆看到碧空如洗，阳光灿烂，秋日金黄的落叶扬了漫天，繁多的枝丫上绑满了大红色缎带，打着整齐的同心结，结上写着两个人的名字，随着秋风缠绵舞动，

她的肩上还缠着绷带,满面笑容地仰望那一树的同心结。

他在树底望着她笑,眉眼微弯,阳光透过去,眼底便像是洒满了金色的沙子,他说:"阿穆你看,我和你的命绑在了连理树上,再也分不开了。"

（三）阿碧

秋意渐浓，金黄的落叶铺满都城，偏僻的院落一角，仍有几分碧绿未散，秋芙蓉开得正盛，一袭白衣的男子静立当前，细致地修剪残枝。

"少主，姑娘醒了。"男童走到他身侧，语气恭敬，一双大眼水汪汪地望着他。

白衣男子沉静地摆弄花草，并未言语。男童眨巴着眼睛看了看他，默默退下。半晌，手头的事情处理完了，他净了净双手，才举步向侧院的一间房走去。

房内温暖，燃着怡人的香薰，榻边的侍女一见来人，便微微屈膝，唤了声"少主"，便将手上的汤药放在桌上，稍稍退后几步，立在一边。

男子踱步到榻边，垂眼望着榻上的白穆。

白穆盖着厚重的被子，面色苍白，双唇没有什么血色，微睁的双眼暗淡无光，扫了榻边的男子一眼，挪开，闭眼。

"我找你许久了。"慕白淡淡开口，声音清润。

白穆似乎并未听见，仍是闭着眼，慕白继续道："裴瑜在洛秋容自尽当夜殉情，事发前我正好找到他，他讲了些内情与我听，嘱我替他照顾芙蓉宫那一片芙蓉花。之后我便易容作他，替了他的身份。

"或许你并不知晓，白子洲白氏所出，最擅易容、仿旁人。"慕白略一侧身，拿起桌上的药碗，"我是族长一手带大，尽得真传，因此商少君都未能将我识破。"

听到某个名字，白穆的眼皮动了动，蓦然睁开眼就要起身。

她一动，面色便更加惨白，刚刚撑起半个肩头便跌了回去。慕白看了看她，不紧不慢地放下刚刚拿起的碗，扶她半坐起来，继续道："你昏昏醒醒地睡了半个月，身上又有伤，使不出什么力气，莫做徒劳之功。"

他正要重新去拿那碗药，袖子却被白穆拽住。她抬目望着他，眼睛里有了盈盈闪动的神采，出口的声音沙哑而粗粝："阿碧……"

白穆说起话来极为艰难，刚刚吐出两个字便大口喘气，拽着慕白衣衫的手却不肯放松，缓过来，继续道："你……帮……找阿碧……"

慕白微微蹙眉，握住白穆的手塞回被子里，再次拿起药碗，舀了一勺汤药送到她的嘴边，道："当时火势蔓延太快，你吸入了大量浓烟，嗓子还未缓过来，喝了这些药，

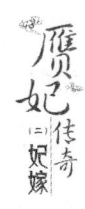

一切都会好转。"

白穆乖巧地咽下一口,又道:"求……你……阿碧……"

慕白略略移开眼,道:"我一直在找她的下落,目前只查到她从洛采桑的府上被送出,具体在哪里,却还不曾知晓。"

白穆的神色又暗淡下来,垂着眼似要睡去。

"你的伤口已经结痂,再用七日的药元气便可恢复大半。现在我们尚在商都,不便明查,待你伤愈我们出了商都,我带你亲自去找她。"慕白只是平淡地叙述,声音听来却如流水般,轻轻滑过耳侧。

白穆这才再睁眼,想要抬手接过药碗,却使不上力气。慕白一勺一勺地喂到她嘴边,她服顺地喝下。

一连七日,她每日乖巧地喝下三碗汤药,由侍女替她换两次心口的敷药,少吃多餐地进食,脸色渐渐好起来。只是她很少说话,不问慕白到底是什么人,找她打算做什么,不问他是如何救她出皇宫,外面的局势如何,也不问他们在什么地方,将来要去什么地方。

七日过去,白穆已经可以自由地落地行走,说话的声色也恢复大半时,慕白依他所言,带她出城。

白穆没有照镜子,不知道自己是个什么模样。出门前她被那名唤作"白伶"的男童贴上一张半透明的皮质面具,在脸上涂涂画画了许久才满意地点头,并让侍女给她换了身普通的妇人衣裳。

一行只有四个人而已,她、慕白、白伶,以及那名唤作白芷的侍女。

她没有问过为何他们都姓白,只是见到慕白迅速换了一张脸,眼底闪过一丝诧异,便坐在马车里不再言语。

四个人出城非常顺利,马车行出都城没多久,白穆才说了这几日来的第一句话。

"我们去哪里找阿碧?"

白伶在外驾马车,慕白坐在白穆对面,白芷在白穆身边。她悄悄看了看慕白,再看了看白穆,低声道:"少夫人,三日前我们得了消息,碧朱姑娘在商洛与东昭交界的雨山坊附近。"

白穆听到"少夫人"这个称呼便抬了抬眼,却也没说什么,听完白芷的话继续垂眸沉默。

白穆的身子刚刚好转,马车走得并不快,一日下来,她便显得有些急躁。白芷年

第八章
真假情逝

纪虽小，与白伶一样，十四五岁的模样，却极会察言观色，在客栈休息时特地道："我们已经安置好碧朱姑娘，少夫人无须着急，身体要紧。"

如此，约莫二十日后，一行人才抵达雨山坊。

白穆见到碧朱那一日，阳光格外灿烂。南方的深秋不如商都那样冷，秋意也不似商都那样浓，间或还能看见盎然的绿意。碧朱就在一棵尚未全然金黄的树下，穿着一身绿翠的衣裳，坐在石桌边，双手托腮，望着她笑。

那一刻，是这一月多来白穆眼底第一次有了颜色，她远远地与碧朱对视，眉眼随着她弯起。

"阿穆，你看我给你做了什么？"碧朱笑着晃了晃手里的东西。

是一匹竹子编的小马，在阳光下光泽熠熠。

"从前在宫里我就老想，若是有一匹马能带着我们跑出去该多好。嗒嗒嗒，跑到城东门吃一碗阳春面；嗒嗒嗒，跑到老刘家买两个包子；嗒嗒嗒，再去蓉婆家买一袋荷叶糕；嗒嗒嗒，最后去李子米酒铺喝一碗米酒，然后我们就圆满啦！"碧朱掂着小竹马在石桌上"奔跑"，脸上的笑容灿烂极了，最终小竹马跑到白穆手里，"嗒嗒嗒，到阿穆手里，带着阿穆去想去的地方，带阿穆见想见的人。"

白穆握住小竹马，笑着拥住碧朱，红了眼圈："阿碧，我想你。"

碧朱的身子颤了颤，反手抱住白穆："阿穆，我也想你。"

"阿穆，我发现雨山坊也有很多好玩的地方。"碧朱拉着白穆的手往外走，"我带你过去。"

白穆笑着随她一道。

身后白伶、白芷不远不近地跟着。

"阿穆，南方好像不怎么吃面，他们这边有一种大米做出来的'面'，特别好吃。"碧朱拉着白穆到一家米粉铺子前面，"喏，最近我发现这家最好吃。"

"我还发现南方的茶比商都的茶要香。"吃过米粉，碧朱又拉着白穆到茶馆，"茶艺也比咱们讲究好多，不兴茶馆里有说书先生的，嫌吵。"

"这边听说书必须在酒楼，说出来的段子比我们在商都听的还有趣。"碧朱扑哧笑了，喝过茶后又将白穆拉到雨山坊有名的酒楼。

两个人一起听了几段书，碧朱又道："这里还有一处，风景极好。"

碧朱说的是一段废弃的城墙。

雨山坊地处商洛、东昭和祁国的交界处，因为物质富饶，又占了交通要道，一直

是三国竞相争夺的对象，边境划了再划，城门建了再建，因此有许多废弃的城墙。

碧朱说的那一处靠西，因为建得高，踏上顶端可以从三个方向遥望三国不同景貌，碰上天气好，黄昏时还可以看见瑰丽的日落。

"阿穆，我们来比赛，看谁先跑上去吧。"

碧朱笑得脸上一片桃红，还未等白穆答话，便甩开她的手向上奔去。

白穆面上的笑容还未退下，手心的温暖突然抽离，心中空落落的，也不管身上的伤便跟了上去。

正值夕阳西下，西方的天空彩云漫漫。碧朱就背对着那片彩云坐着，黑色的发被疾风撩起，绿色的衣衫仿佛精灵的双翅，振翅欲飞。

"阿穆，我真怀念从前的日子，我偷偷溜出丞相府听你说书，说完我们一道去吃阳春面。我带你去看小姐的嫁衣，向你炫耀小姐待我多么好。你给我讲阿不和阿穆的故事，讲白家村里有棵连理树……其实我一直好羡慕你，你那么坚强，那么勇敢，未婚夫不见了都不哭鼻子，天天笑着讲故事，说他一定会回来。"

碧朱摇晃着双腿，笑着对白穆说道。

清凉的秋日，白穆沁出一身冷汗，她只道："阿碧，下来。"

"阿穆，我一直讨厌淑妃，因为她总是和你作对，害了朱雀宫不少的姐妹。"碧朱仿佛没听见白穆的话，自顾自地笑着道，"可是她从摘星阁跳下的时候，我却偷偷地佩服她。那么高，她都不怕疼，摔得那么重，她也不怕难看。直到现在我才明白，能那样疼一疼，是件多么痛快的事情。"

"阿碧！你下来！"白穆低喝，干涸已久的双眼布满血丝。

"阿穆，我做不到……"碧朱突然流下眼泪，"我做不到像你那样坚强勇敢……这个世界好可怕……每一日每一夜，每一时每一刻，都是煎熬。"

"阿碧，你要留我一个人吗？"白穆哽咽道。

"阿穆，对不起。"碧朱已经流了满面的泪水，"终究是我对不起你。若非我多嘴，你不会进宫，你我还在宫外过着无忧无虑的日子……"

"你若真觉得对不起我，把手给我。"白穆步步走近，伸出的手微微颤抖。

"不是无忧无虑。"碧朱仍旧自顾自地说着，"从来都不是无忧无虑。阿穆，我没有对你说过吧？小姐身边的婢女两三年便会换过一遍，只有我，从小到大，在她身边待的时间最长，因为我心眼儿最粗。"

碧朱擦去了脸上的泪，在温暖的夕阳下微微笑起来："我心眼儿粗，不会算计别人，不会怀疑别人算计我。可是十几年都在那样的环境里长大，我怎么会不知道呢？"

"可是我一直在逃。阿穆，事到如今，都是我咎由自取！我不愿意相信世上的肮脏，不愿意相信人心的险恶，不愿意面对曾经的美好一点点地斑驳，我逃避现实，逃避长大，固执地躲在自己的世界里，固执地相信所有人都跟我一样，从不曾改变。"

白穆已经到她身边，紧紧握住她的手："我们一起……"

碧朱反握住她的手，微微笑道："这辈子有你陪着我，真好。可我是胆小鬼，我害怕……阿穆，你成全我好不好？你让我再躲一次，最后一次。"

"阿碧，我只剩你了，只剩下你了……你不要吓我……"白穆的眼泪再也忍不住，汩汩而出。

碧朱仍旧握着白穆的手，另一只手从身上掏出帕子，轻轻地擦过白穆的衣襟、白穆的手，缓声道："阿穆放过阿碧吧，好不好？"

"阿碧，阿碧你说过，无论发生什么事，你都在我身边……"白穆仍旧紧紧拽住碧朱。

"可是……"碧朱的嘴角僵凝，倔强地保持笑容，黑白分明的眸子却迅速地殷红，眼泪潮水般涌出，"可是，阿碧……脏了啊。"

"阿穆知道军妓营是什么样的地方吧？"

"阿穆放过阿碧，成全阿碧吧。"

"阿碧……求求阿穆了。"

……

碧朱消失在城墙头上时，西方的霞光正好破云而出，将深秋的雨山坊渲染成一片金黄色。不远处的沙尘被疾风吹起，缠绕盘旋着远去，零星夹杂几片树叶，转眼不见了踪影。

白穆并未看到这些，她背对着城墙，捂着心口蹲下，蜷缩在一角。

没有了。

阳光没有了，风声没有了，爱她的人、她爱的人，都没有了。

第八章 真假情逝

（四）少主

秋日渐凉，这日勤政殿却并未燃着暖炉，南北的窗都被打开，凉风直入，吹散殿内袅袅轻烟。

陵安弓着身子进去的时候，商少君正在桌案边看着奏折，黑发轻荡，纸张微响。陵安悄眼看了看他，便在一边俯身低语道："皇上，碧朱姑娘被人从雨山坊劫走了。"

商少君执笔的手顿了顿，眼底一片暗沉，并未答话。

"他们问……是否要去追？"陵安小心翼翼道。

商少君仍旧沉着眼，一眨不眨地盯着手上的折子，半响，施施然拿起朱笔画了一道，并道："不必。"

陵安看了他一眼，躬身领命便要退下，商少君又道："慢着。"

陵安忙顿住脚步。

商少君并未看他，只是再拿起一本折子，淡淡道："让他们跟着。"

雨山坊往东，便是东昭国。

东昭国土辽阔，几乎是商洛的两个大，但民风并不如商洛开放，边境城镇地广人稀，也格外清静。

此前的一行四个人，在经过雨山坊后增加到了六个人，两辆马车，白穆与白芷一辆，慕白与白伶一辆，另外两名小厮驾车。

六个人过境还算顺利，简单的例行盘问后便放行了。只是往东走了不过两日，便不得不停下，在一个小村暂时落脚。

白芷端着药，望着蜷在榻上、缩在被子里的白穆，水灵的大眼睛里满是焦虑。她放下药，坐到榻边，柔声对被子里的人道："姑娘，起来吃药了。"

被子里的人一动不动，没有丝毫反应。

"姑娘，再不起来药又该凉了。"白芷继续劝道。

白穆仍旧没有反应。

"姑娘，你已经三日不曾用药，这样下去旧疾会复发的。"白芷说着，声音已经哽咽。

白穆不只是三日没有用药，从他们离开雨山坊那日，她便不再说话，不再进食，

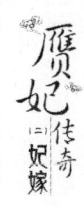

不再搭理任何人。她的身体本就虚弱，重伤刚愈，在雨山坊的时候伤口又撕扯开来，这样不进食不吃药，即便华佗再世也救不回她。

"姑娘，白芷求你了，就算吃不下东西，吃些药也是好的。"白芷哭着便跪到了白穆榻前，"白芷知道你醒着，若继续这样下去，不出三日……不出三日……"

不出三日，好不容易救回来的命又该送出去了……

她虽随慕白一道，却并不知晓白穆身上到底发生过什么。只知道慕白带回她时她便是奄奄一息，不仅是心口的伤，满头的黑发都被烧去了一截，后来替她换药擦身的时候才发现除了新伤，她身上还有两处深可见骨的旧伤，非常可怖。

她家少主向来脾气温和，但涉及白穆的事，便经常缄默不语，她也不敢多问，只知道从军营里救出来的那名唤"碧朱"的姑娘与她极为要好，但在他们到达雨山坊之前，那位姑娘便几次寻死未果。那位姑娘出事后，白穆就成了如今这模样，虽然躺着，却不曾真正闭眼睡着过。

时常她一眼望去，便见白穆睁着眼，眸子如枯井一般，没有光泽，亦没有神采，眨都不眨，不知在想些什么。

白穆这种状态，当然不适合赶路，因此一行人不得不停下来，先好生料理白穆的身子。

白芷见白穆仍旧没有反应，咬了咬唇，端着药出去了。

他们停留的小村不偏僻却安静，秋日风景宜人。六个人所住的宅子，前有良田，后有花园小院，一条小河在院外幽幽流淌，看来非常舒适。

后院除了原本就有的花草，还多出十几盆芙蓉。白伶看着一丝不苟打理那些芙蓉的慕白，撇嘴摇了摇头。

他是看不透他家少主的做法了，遣了那么多人好不容易入了皇宫，竟只是为了偷那一片芙蓉花。偷出来还一路从南到北地悉心照料，看样子是打算带回白子洲了……

"少主。"白伶上前，到慕白身边，垂首道，"刚刚竹鹰来报，已经照少主吩咐，让碧朱姑娘服下忘忧，送去南临了。"

白子洲盛产奇花异草，出自白子洲的人，或多或少会点儿医或是毒。"忘忧"可说是一种药，亦可是一种毒，服下可让人忘却前尘往事，只是非常难得，制出一颗不知要耗费多少珍奇草药，用时三年亦算是少的。

"要不要告诉姑娘……"白伶眨巴着眼睛提议道。

当初他们救下碧朱，碧朱几番求死，听闻有位"白姑娘"要见她，才消停下来。

第八章
真假情逝

但自那以后，便常有人在暗中护着，以免她再寻短见。是以那日城墙上，她倾身倒下，被暗卫救了个正着，只是……

"不必。"慕白密长的睫毛投影在眼皮底下，扇子一般。

"可是……"白伶想说这几日白穆不吃不喝不说话，怕是以为碧朱姑娘已死，伤心过度。

慕白只是淡淡地瞥了他一眼，白伶吐了吐舌头便不再说话了。

正好白芷红着眼眶过来，一见慕白便跪在他身侧，哽咽道："白芷无用，姑娘仍旧不肯服药，少主过去看看吧。"

慕白好似并未听到她的话，颀长的身影一动未动，仍旧摆弄着手下的芙蓉花。

"少主……"白芷仍想继续，被白伶一个眼神止住。

二人本是兄妹，都有一双极为水灵的大眼，眨一眨便跟会说话似的。白芷当然明白白伶的意思，少主似乎对姑娘的事情……不太放在心上。

"白芷下去再熬一煲药。"白芷咬唇起身。

"不必。"慕白淡淡道。

白芷身形一顿，望向慕白。

"收拾行装，明日趁早出发。"慕白语调恬淡，一袭白衣落地，更显得面色凉薄。

白芷忙道："可姑娘的身子……"

他们才刚刚因为白穆的身体在这里落脚一个日夜而已。

"带上这些芙蓉花便够。"慕白侧身，在木盆里净了净双手，十指沉在水底，修长如玉。

白芷又与白伶对视一眼，这意思……不打算带姑娘走了？

"白芷先下去熬药。"白芷只当不曾听见慕白的话，起身便要离开。

慕白却在此时转身，摇曳的长袖抚落几瓣盛开的芙蓉花，沾在衣袖间总算添了几分颜色："今夜便走。"

白芷忙止住步子，知晓这是他动怒的前兆，和白伶齐齐跪下。

慕白倒不显怒气，只是略略扫他二人一眼，负手离开。

"她既不知疼惜自己，救来何用？"

（五）秋光

这夜白芷在外间睡得极不安稳，想着依少主的脾气，恐怕明日一早当真不会带白穆走。可他们若将她独自一个人丢在这里，她就是必死无疑了。

白芷思来想去，揣摩了半晌慕白最后那句话，觉得还是得先让白穆乖乖听话吃药用膳，明早说不定就不一样了。

这样想着，白芷和衣起身，悄步往里间走去。

为着方便照顾白穆，里间一直点着烛灯，光线亮得足以看见路，又昏黄得不至于刺人双眼。

白芷走过去，愣了一下后大惊失色！

榻上的白穆，竟不见了踪影！

白穆如今这身体状况，定是不可能自己起身的，谁能在她眼皮底下带走白穆她还丝毫不曾察觉？

白芷连忙往外走，想去禀报慕白，穿过后院时听见院外有细微的声响，侧身一看，院外一袭白衣清逸，月光下笼上一层淡淡的光晕，静立在河边树下，淡若谪仙，可不正是她家少主？

白芷忙过去，还未推开院门，便见树边靠着另外一个人。

阖着眼，不知是睡着还是和从前一样，只是毫无神采地半睁着，面色惨白，衣着凌乱。

白芷本想看看慕白这么晚带白穆到河边做什么，刚刚停下脚步便见慕白拉起靠在树上的白穆，轻声道："你既不想活，便死个痛快吧。"

说着轻轻一推，白穆便纸片般落入水中。

白芷心下一顿，险些叫喊出声，却被人拉住，蹲在了院墙下。

白伶居然也在。

他忽闪着大眼，朝她摇头。

白芷着急地看向河面，这样冷的天，且不说白穆的身子如何，就是个正常人扔下去，不及时救上来都得去了半条命！

平静的河面开始起了波澜。

冷。

　　这是白穆这些天来唯一有的知觉。不知哪里来的彻骨寒冷，从口鼻，从指尖，从脚端，一个瞬间侵袭了全身。这样的冷让她没有丝毫思考的余力，只凭着本能挣扎，但不管她怎么用力挣扎，那样的寒冷仍旧挥之不去，就像这么久驻扎在她心底的疼痛，她不去想、不去碰，它却依旧存在，日日盘剥她的骨肉。

　　但这样的寒冷入侵，仿佛将那些疼痛排挤出去，她只觉得麻木，心头的麻木、身体的麻木，麻木到无法再挣扎，由着自己的身体渐渐下沉，而眼前的一切蓦然清晰，清晰到河底小鱼身上的鳞片都看得一清二楚。

　　"穆儿，你做什么去了？怎么膝盖都磕破了？"

　　"我给阿爹捉野鸡去了呀！阿爹生病了，柴福说要补一补，可是……没捉到……"

　　"好穆儿，你受伤了阿爹阿娘都会心疼的。你什么都不用做，照顾好自己就是。"

　　白穆仿佛回到七岁那年的夏日，她为了抓只野鸡跑遍了整个村子，最后磕得两个膝盖血淋淋的，却空手而归。

　　"是阿爹对不住你，没有看好你，没有教好你，累你吃了这样多的苦头。"

　　她又仿佛回到那年被恶狼袭击重伤后，身子也是这样沉重，思绪也是这样飘忽，耳边的声音却是听得见的，某个极静的夜晚，听到向来沉稳的阿爹在她身边啜泣。

　　"穆儿，你快走，别管阿娘。不对，上次就与你说过，你姓白，我和你爹却不是，你莫要再喊我阿娘，我不是你阿娘……"

　　下一瞬又仿佛回到某间阴暗的天牢，她急匆匆地想问清阿娘事情的来龙去脉，想要救她出去，阿娘却一门心思讲着她的身世，生怕她会被连累，要与她撇清关系。

　　"你受伤了阿爹阿娘都会心疼的。"

　　"除了湄儿，任何人的命……一文不值。"

　　心里某个尖锐的声音再次响起："笨蛋，你以为你很受伤？很可怜？你受的伤、吃的苦，不过亲者痛、仇者快罢了！"

　　白穆突然开始剧烈地挣扎。

　　她是识水性的。只是长时间的窒息，外加寒冷的湖水，以及挣扎时拉扯的伤口疼痛，让她很快呛进一大口水，一旦呛水，想要找到机会浮出水面更加不易。白穆眼见着自己往水底沉去，眼前开始发黑，脑袋开始发蒙，突然身子一轻，被人用力拉出了桎梏，接着背后一痛，"哇"地吐出一口水，才终于吸到一口新鲜空气，剧烈咳嗽起来。

　　咳着咳着，眼泪便流了出来。

　　慕白救起她，却只湿了半截袖子而已，单膝跪坐在她身侧，一手扶着她，见她开始哭就皱眉，移开眼。

白穆哭得无声，眼泪下来，她抹掉，再下来，她再抹掉，只是身上本就都是湿的，无论如何也抹不干净。

身边人微不可闻地叹了口气，递来一方帕子。

白穆接过来，又过半晌，才渐渐平静下来。

见她不再啜泣，慕白放开她，站起身垂眼睨着她道："明日一早我们便离开此地，是走是留姑娘自行定夺。"

说罢，抬步就走。

"谢谢你。"白穆在他身后，低声道，"这些天，对不起。"

慕白的脚步顿住，却也没有回头。夜凉如水，夜风簌簌，吹得安静地躺在白色衣裳上的黑色长发随风飘动。

"我没想要去死，我只是……"

只是和阿碧一样，第一次看清这个可怕的世界。

只是她在意的、在意她的，全部消失不见了。

白穆捂着胸口的伤，勉力站起来，眼眸低垂，身子微倾："我只是不知道，这纷繁复杂的世界，我一个人要如何面对；亦不知道，今后的那些山长水远，一个人要如何走下去罢了。"

白穆低头，想要自己向前，最终还是略一抬脚，就跌了下去。

前方慕白飞快地扫了树丛一眼。

早躲在一旁的白芷、白伶迅速领会了自家少主的意思，缩着脑袋出来，齐齐扶起白穆。

这夜白穆极为配合地换了衣服，服了药，吃了些粥，在榻上沉沉睡去。临睡前第一次主动问了白芷："你们把我从皇宫里救出来，要带我去哪里？"

白芷显然非常乐意回答白穆的问话，忙道："回白子洲。"

"你们为何带我回去？"

"夫人一直在找你。"

"夫人？"

"嗯。夫人是我们族长，少主的母亲。"

白芷似乎还想继续，但白穆没有再问，她也便没有再说。

第二日他们最终没有离开，而是在这个小村又住了七日，待白穆的身体又恢复少

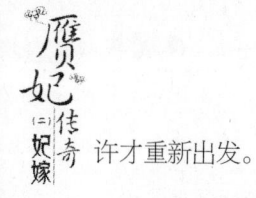

许才重新出发。

离开那日秋光正好。

深秋将逝,严冬欲来,片片黄叶颓然落下,由北到南被精心照料了一路的芙蓉花却开得繁盛似锦。白穆只望了一眼眼神纯然的白芷,她便弯着眉眼笑红了脸。她再掀帘,前方白伶正好回头,笑嘻嘻地探出大半个身子朝她招手,阳光下灿烂非常。许是马车内的人说了句什么,白伶笑容一僵,苦兮兮地收回身子,似乎又有些不甘心,掀开帘子朝白穆吐了吐舌头。

白穆不自觉地弯了弯眉。

马声嘶鸣,车轮辘辘,微风袭过,吹皱了河底的一片秋水。秋光、落叶、微风、涟漪,随着东行的马车渐渐远去,独独带走的,只有那一片娇艳欲滴的芙蓉花。

此时的白穆并不知晓等着她的会是什么,心底的伤痛要如何抹去,接下来的路又要如何走下去。

许多年后,她才渐渐明白,红尘十丈,俗世一遭,注定有些人会擦身错过,有些人需忍痛放手,有些伤痛会缥缈远去,有些温暖会常驻心底,这纷繁复杂的世界,她终将学会独自面对,这山长水远的一生,终会有人陪她走到尽头。

十日后的勤政殿,陵安再次跪伏在勤政殿冰冷的地面上,颤抖着声音道:"皇上,他们……跟丢了。"

龙椅上的人并没有太大的动静,甚至头都不曾抬起,只是握着朱笔的手微微一顿,良久,朱笔上积墨成滴,"滴答"一声轻响,落在净白的纸张上,顺着纸张细小的脉络丝丝晕染开来,便似殷红的血,正正落在了心头。

第九章 真假公主

第九章
真假公主

（一）三年

　　白穆入宫那年十五岁，出宫那年十八岁，宫中三年，花开花落间时常恍然错觉，有一辈子那样长久。然则，出宫之后再三年，竟只似眨眼之间，流年轻过。

　　这一年白穆二十一，转眼已在白子洲三年。

　　"少夫人，夫人请你过去一并用膳。"白芷已出落成大姑娘，亭亭玉立，越发水灵。

　　白穆穿着一身简单的白衣，面色祥和，正在一排木柜前，一个个打开小抽屉查看里面的药物，闻言回首一笑："你先过去，我点完这些药材，稍后就到。"

　　白芷忽闪的大眼眨了眨，并未依言退去，而是上前将手上的裘衣披在白穆身上，无奈道："少夫人还是快些过去吧，等会儿夫人又要闹脾气了。"

　　白穆笑着捏了捏白芷苦兮兮的脸，自己系好衣带，在身前的纸张上记上一笔，便同白芷出去了。

　　白子洲其实是五国内一个比较特别的存在。从前白穆在书籍上找不到很多的相关记载，只知那是一片不受五国内任何一个国家管制的地方，却又没有独立成国，对它的印象只有"神秘"二字。而当初见众人对慕白谨慎的态度，也曾让她对这个地方充满了好奇。

　　直至真正踏上这个地方，才发现"白子洲"，其实是海上的一个小岛，五国中只与东昭最近。岛上居民近万，却只服从白氏族长的管辖，可以说是个独立存在的部落。

　　因是偏东南的海岛，岛上气候较好，冬不冷，夏不热，常年阳光灿烂，雨水充足。唯一的缺点便是风大，且夏日时常遇上狂风暴雨，有水患。而岛上盛产各类奇花异草，有毒有药，却从不对外输出，这也是让世人觉得白子洲神秘的原因之一。

　　白穆从药房回到平日里的住宅还有些距离，一路上阳光甚好，但时值秋季，阵阵吹来的海风对白穆的身子来说，还是有些冷，她裹紧了裘衣，将脑袋埋在风帽里，低首向前。

　　"少夫人，少夫人。"

　　白穆正走着，被软绵绵的身子抱住了双腿。她一愣，便笑着蹲下身子，将来人抱入怀里："杏儿，怎么了？"

　　"送给你。"杏儿不过三四岁，声音奶声奶气的，手里拿着一朵芙蓉花插到白穆发间，

捂着嘴到白穆身边悄声道,"我偷偷在少主那里摘的。祝你生辰快乐!"

说着,在白穆脸颊上"吧唧"亲了一口,顶着红扑扑的笑脸跑开,一蹦一跳道:"我亲到少夫人咯!杏儿亲到少夫人咯!"

白穆站起身,哭笑不得地摇摇头。

这个岛上的族人,淳朴到让人难以想象,热情到让人难以想象,对白氏的推崇更是绝对到让人难以想象。

从她入岛的第一天开始,每天都有人趴在她的窗头偷偷瞧她,到了她面前又不太敢说话,许是听闻她身体不太好,每日都有族人送上各式药材,还有人潜到海底寻一种据说是驱寒圣药的海草特地送来。

这样的热情一直持续到三个月后才渐渐平缓下去,白芷说是慕白称如此会打扰到她休息,且她身上的旧疾他会竭力医好,才将族人们的热情"压"了下去。

绕过几处花开正好的花丛,白穆才到了一处并不起眼的宅子前。

或者说,白子洲所有的住宅都不起眼,但一旦入内,稍有眼识的人都能看出白子洲的富庶。

"都多久了!她还没过来!到底还要不要我这个娘了?"

白穆还未入内厅,就听到白浮屠撼人的大叫声。

她禁不住垂首笑了笑。

白浮屠便是这座海岛的主人,白子洲的族长,慕白的母亲。当然……其实是她的母亲。

当初娘亲在狱中对她讲的话没有丝毫隐瞒。白浮屠与他们的确互相抱错了孩子。白穆上岛那日一眼望到白浮屠,都无须多问,只见到那似曾相识的眉眼,便想到了娘亲在狱中的那一番话。

只是她不曾想过,自己这个母亲,竟有着那么……彪悍的性子。

"小白,你去喊她过来。"

白穆仍在外厅,听见白浮屠在与慕白说话,慕白一如既往地没有回答。

"你们这是要翻天了啊!一个两个都不把我当娘了啊!翅膀硬了都不听话了啊!老娘不活了!不活了!"

"娘,我来了。"白穆一脚踏入饭厅,扫见白浮屠正甩着拍过桌子的手,慕白在一旁淡定地喝着茶水。

果然是习惯了的人……

第9章 真假公主

　　白浮屠怒气腾腾的眼一触到白穆，瞬间柔软下来，咧嘴笑着起身，疼惜地帮白穆放下风帽："乖女儿，外面冷不冷啊？那些药材让白芷去打点就是了，现在外头风大，你没事在家陪为娘说说话嘛。"

　　"我看今日阳光好，便出去走走。"白穆的气色看来不错，柔声笑道。

　　白浮屠一见她脸色不错便高兴得很，拉着她往饭桌边走，一眼扫见她发上的芙蓉花，更是喜上眉梢："小白你也会送花了？"

　　慕白正在喝茶，闻言似乎被呛到，低咳了两声。

　　"娘，吃饭了。"白穆拉她坐下。

　　"乖女儿，你也会害羞了？"白浮屠满面笑意。

　　白穆略略一窘，岔开话题道："今日这盐水豆腐看来还不错。"

　　"白伶一早起来磨的。"慕白有默契地过来，接话道。

　　"今日是你二人的生辰，为娘早早就吩咐了。"白浮屠得意扬扬道，"还有这芙蓉大虾、抓炒鱼片、熊猫品竹……都是为娘特地……"

　　白穆望了一眼慕白，见他举筷吃饭，嘴角微微上扬，带着恬淡的笑意。显然他们俩的心思都是一样的……

　　白浮屠平日最喜各种吃食，对各类做法了如指掌。一旦碰上对付不了她的情况，扯上食物来分散她的注意力，屡试不爽。

　　"芙蓉大虾的虾啊，要新鲜捕上来的，先去虾筋，再……"

　　白浮屠津津有味地讲着每道菜的做法，白穆识趣地偶尔附和两句，快速吃饭。

　　"我说你们，到底何时成亲？"白浮屠突然话锋一转，仍是转到了白穆最不想应对的问题上。

　　如今岛上人都唤慕白"少主"，唤她为"少夫人"，好像二人已是夫妻，实则不然。

　　"今年你们都二十一了，老娘不管啊，今年必须把婚事办了！"白浮屠筷子一放，桌子一拍，跷着二郎腿道。

　　当年她抱错了孩子，回来才发现是个男娃娃，再回去找自己女儿，无论如何都没有半点儿音信。看着那男娃娃眉眼还不赖，当即决定当女婿养大，将一身本事教给他，以后找回女儿，女儿有了，女婿也有了，马上成亲再给她添个孙子，多好的事儿啊！

　　所以给男娃娃取名的时候，她干脆地用了"慕白"，爱慕的慕，白氏的白，注定跟她家女儿一对的呀！

　　白穆又瞟了一眼慕白，见他仍是面不改色地吃着饭，一举手一抬足间冷静又淡然，

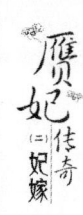

眨了眨眼，问道："今日我整理药柜，发现鸢草空置许久，不知是为何？"

慕白淡淡道："鸢草难得，三年才得一片，今年夏日涨潮时恰好将那片鸢草淹没，便无新药可入了。"

"还有一柜风信，好似受了潮，是否要拿出去晒一晒？"白穆继续问道。

"风信不耐日照，隔火烤一烤便好。"

"那黄七呢？我看都长霉斑了。"

"黄七入药用的便是身上的霉斑，由它放着即可。"

白浮屠见他二人极有默契地一问一答，一时也插不进话，只觉得自己当初的决定果然是明智的，一顿饭下来，也将自己的初衷忘得一干二净，没再逼问二人成亲一事。

"娘，我有些事情还要问一问慕白，我们先出去一会。"

白穆朝慕白使了个眼色，慕白似乎有些意外，却并未说什么，起身朝白浮屠点点头便跟着白穆去了。

二人去了海边的一块礁石处。

海风清凉，白穆不由得抱起双臂，正好身后一暖，回头便见慕白正将自己的裘衣替她披上，神色清淡，虽是亲密的动作，却透着淡淡的疏离。

"风大，若有什么事，回去再说吧。"慕白垂眼替她系好衣带，看都未看她，只淡淡地说了一句便转身欲走。

"等等。"白穆唤道。

慕白回头，海风撩得黑发略有凌乱，掩住了面上的表情。

白穆突然屈膝行礼："白穆必须说一声谢谢，还有……对不起。"

慕白的眉头微微蹙起，许是海风太大，黑亮的眼底有一瞬的迷乱。

"这三年的照顾与体谅，谢谢。"白穆只是垂首俯身，"这三年的软弱与逃避，对不起。"

迷乱不过眨眼间，慕白恢复到素有的淡然，等着白穆的后话。

"稍后我会与娘说清楚，她不会再提及我们的婚事，也不会再强迫你做不喜欢做的事。"白穆抬首，认真道。

从她踏上这座海岛，没有人再提及从前的事。白浮屠知晓她身子不好，上下都是新伤旧伤，但她不说，她便从不问。慕白更是守口如瓶，从不主动提及过去。她自己都时常假装什么都不曾发生过，好像她打小就在这里长大，与这里的每个人都亲厚友好，一直都受着他们的敬爱拥戴。

第九章 真假公主

可她不能这样逃避一辈子。

白浮屠不知道她曾经成过亲，才会使劲将自己往慕白身边推，这件事推了三年，不能再推下去。

"你……是否打算离开白子洲？"白穆瞅着慕白，轻声问道。

白子洲的族人视他为主，白浮屠也早将岛上事务都交给他处理，因为他从小就被认定会娶她这个真正的白氏传人。

这三年他们俩在一起的时日最多，因为慕白在教她，教她所有他会的东西。大到易容术、毒理药理、模仿旁人的技巧，小到如何处理岛上邻里间的矛盾，安慰哭闹的孩子。

她看得出来，慕白深深地依恋这片土地，这里的每棵草木，每个族人，但是……却不想娶她。

慕白的双眼微微眯起，清透的眸子里笼上一层淡淡的薄雾。

"我会把所有事情都向大家交代清楚，过去的，以后的。"白穆上前几步，一眨不眨地望入慕白眼底，微微笑道，"你我以后莫要这样不尴不尬地处着，如何？"

她还记得初见慕白时，他提到"未婚妻子"时眼底闪过的暖色，她亦记得在宫外偶然碰到慕白时，他欲要向她问话时嘴角挂着的笑意，这三年来，她更知晓慕白其实是个性格温和，时常带着温柔笑容的男子。

只是在面对她的时候，许是因着二人的婚约，许是因着目睹了过去发生的那些事，他经常都是沉默寡言。或许把话说开，他会更自在些。

"日后你便当作多了个不太懂事的妹妹，如何？"白穆笑着，朝慕白友好地伸出手。

海边的阳光耀眼，万里无云，海水湛蓝，慕白的一身衣裳便似蓝天下一片缥缈清淡的云，随风飘动。他望着白穆，眼底的薄雾渐渐散去，春水般沁出点点柔意，将白穆的手握在手心，道："其实……"

"少主！"白伶焦急的声音突然传来，阻住了慕白接下来的话，随之他也迅速奔到了二人眼前，见到二人亲密地拉着手，微微红了脸，也不说话了。

"何事？"慕白问道。

白伶这才赶紧道："海面上发现一艘外来船只！还插着明黄色的旗帜！"

白穆闻言，眉头一紧。

前来白子洲的航道并未开辟，普通人根本找不到这里。明黄色的旗帜，皇家的船只？

"我去看看。"慕白紧了紧白穆的手，便放下，转身离去。

"我随你一道。"白穆紧随其后。

她未想到,这一去,见到了一个全然出乎意料的故人。

（二）故人

突如其来的外来船只，引得岛上的族人们纷纷驻足围观。但随着那艘船愈来愈近，族人们纷纷回避，只留下手持长弓的男丁们。

白子洲处地特别，岛上从来容不得外人，即便是偶尔带外人上岛，都是闻所未闻的事情，且岛上族人异常团结，即便出去，也不会透露关于白子洲的半点儿消息。

因此，旁人想要凭一己之力在茫茫大海上找到白子洲的所在，可以说是天方夜谭。

白穆随着慕白过去时，正好碰到妇孺带着孩子回家躲避，男丁们穿着一色的黑衣，举着长弓对准了海面上渐行渐近的船只。

慕白乍一出现，众人便收弓，恭敬地行了礼，退在他身后。

长风阵阵，慕白一身白衣翻飞，黑发缭乱，面色一如既往的沉静，眯眼看着远方的船只，眼底的眸光如同海面上的粼粼波光，潋滟生姿。

白穆静立在他身侧，望着他在明媚的阳光下温润又不失威严的侧脸。

一岛之主，一族之长，注定是他这样的人才可以。

远方的船只越来越近，身后的弓箭手又无声地拉满了弓，慕白一个扬手止住。

白穆眯眼看去，明黄色的旗帜上，赫然一个"东"字。

东昭皇族的船，倒也在她意料之中。

但是……只有一艘？

能找到白子洲来，要么他们逮到了白子洲的人逼他带路，要么海面上还有无数条相似的船，在搜寻白子洲的所在，这一艘恰巧找到了。

白穆望着那艘船靠岸，泊停，放下巨大的甲板，船上身着东昭军服的士兵迅速整齐地在甲板上立好，行礼，该是在恭候领头者。

整个过程慕白一言不发，只是凝视着甲板。

白穆亦好奇会是什么人物到了白子洲，眼都不眨地盯着，那个人乍一出现，却让她怔了半晌才回过神来。

几乎是毫不犹豫地，她迅速后退几步，隐入弓箭手的队伍里，掩住身形。

从船上下来的，带着东昭军前来的，是个女子……

而且，是个她极为熟悉的女子。

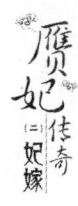

莲玥。

白穆的心跳在确定自己整个身形完全被挡住后才渐渐平缓下来。

莲玥……曾经太后极为宠信的宫女，在宫中十年，谨言慎行。曾经在沥山独自一人带她上山寻找商少君，曾经在仪和宫大火时救她，曾经在她固执而倔强的时候提醒她无须故作坚强，曾经帮她给柳行云送信，带她去商少宫的朝拾殿……

她最后一次见她的记忆已经模糊，只记得商洛皇宫大乱的那个夜晚，她和碧朱都不在朱雀宫。

一别三年，她此刻竟头戴金步摇，身着彩凤霞帔，在众人的跪拜下步步踏莲般出现在眼前。

白穆不愿被莲玥发现，但此刻在场的，除了慕白，全是身着黑衣的男子，不注意到她都难。白穆拽紧了身上的袭衣，背过身去，缓步离开。

好在现下她穿的是慕白的袭衣，因为过大，耷拉在身上，应该不太显她原本的身形。

白穆一面走着，一面想着莲玥这突然的身份变化。

看发髻，是妇人髻，看衣着和旁人的态度，品阶不会低。但她记得当初她向商少君投诚，服下了"春殇"，若无解药，到了春季便会全身溃烂而死。如今已过三个春秋，她却还安好。那么……她在朱雀宫的消失，在东昭的身份地位，是商少君的刻意安排，还是她在商洛皇宫，本就是一场阴谋？

白穆心情忐忑地回去，白浮屠还在准备晚宴。

她和慕白是同年同月几乎同个时辰生的，每年这个时候白子洲都会摆宴给他二人庆生，但今日……恐怕不行了吧？

白穆略有焦虑地在房内等到了傍晚，果然白芷进来道："少夫人，岛上来了东昭国的使臣，今夜的晚宴恐怕无法进行了。"

白穆早就预料到，只问道："那'使臣'过来，所为何事？"

白芷嘬了嘬嘴，转着眼珠看了看四下，才低声道："该是出了大事，否则夫人不会丢下你和少主的生辰不顾……"

白穆蹙眉："到底何事？"

白芷在白穆耳边，悄声道："我刚刚送茶水的时候看到，那东昭来的女子，手里拿了数十样我们岛上人才有的信物……应该是抓了我们在岛外的人。好像在说请少主出岛去救什么人……"

白穆凝眉。

第九章
真假公主

白子洲盛产奇花异草，医术毒术也都是出神入化，其中当数白浮屠最精，但她早年曾发誓，再不踏出白子洲一步，慕白得她真传，除了年纪较轻，经验上比不得她，放眼五国，恐怕是无人能及的。

白子洲最在意的便是族人的安乐。倘若莲玥真是拿白子洲的人命威胁，慕白应该会应允出岛。

果然，戌时刚过，白伶便过来，称夫人唤白穆过去。

"东昭那群狗贼抓了我们三十个兄弟，要小白去救他们的狗皇帝，乖女儿，你要不要跟去玩一玩？"

白穆一入厅，便见到白浮屠粗犷得男子似的一腿跷在板凳上，一手叉腰问她。

白浮屠若是不动，不说话，静静地坐着，穿着气质看来还是与当家主母相符的，但凡说话，便露了馅儿，而且与她的装扮极为违和……因此白穆一眼看到，不由得笑了笑。

"哎哟，乖女儿笑了，那就是愿意去了！小白你带她出去玩玩吧！"白浮屠巴不得慕白带着白穆出去培养感情，连忙顺水推舟道。

"娘，我……"白穆想到莲玥，自然不太愿意随他们出去。

不想她话还未出口，便被慕白打断，只有一个字——"好。"

白穆诧异地看向他，他仍旧坐在茶案边，淡定地饮着茶水，好像刚刚那个"好"字并非出自他口。

白浮屠喜上眉梢，大腿一拍："那这事儿就这么定了！明早你们都跟那艘船走吧！老娘睡觉去了！"

白浮屠说着，也不管白穆的反应，转眼不见了人影，连带着白伶、白芷也消失不见了。

厅内只剩下白穆和慕白二人，一个人坐着，微微垂眼，悠悠饮茶；一个人站着，眉头微蹙，面露犹豫。

"慕……"白穆想说莲玥的事情，但转念一想，当初慕白扮作裴瑜潜伏在商洛皇宫那么久，岂会不认识莲玥？

"你忘了才与我说过的话？"慕白抬首看住她，声音温和，神色却淡得看不出一点儿颜色来。

白穆避开他的眼神。

是的，她刚刚才在海边与他说过谢谢，说过对不起，说过不该逃避。她不想出白子洲，究竟是因为怕被莲玥识破身份，还是在逃避外面的世界？

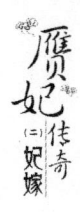

"明日辰时,船上见。"

不待白穆答话,慕白不容置喙地留下这样一句话,放下的茶盏"叮"的一声响,便与她擦身而过。

良久,白穆仍旧立在原地,望着茶案上的茶盏反射出烛光微黄的光晕,双拳紧握,嘴角微微抿起。

莲玥。商洛。商少君。

不可逃避,不是嘴上说说便够的。

第九章 真假公主

（三）出海

第二日，辰时，天已大亮，明黄色的"东"字大旗迎风招展，正好朝阳东出，几缕霞光透过云层投至海面，明媚又不失瑰丽。

船上东昭军姿态谦逊有度，躬身迎着白子洲的一众人等上船。

其实"一众人等"，只有两个而已，慕白和他身侧的白伶。

莲玥一袭华贵的装扮，眸光犀利，嘴角带笑，全然不见当初在商洛时身为宫女的谦卑影子。见到慕白只带了一名小厮，似乎有些意外，开口问道："慕公子只带一个人前往？"

慕白正立在甲板上回望白子洲，朝阳映在寡淡的脸上，添了几许暖色，但他似乎并未听到莲玥的问话，只是眯眼看着远方，负手不语。

倒是一旁的白伶有些尴尬，他家少主平日里脾气好得很，岛上族人各个敬他爱他，小孩子被爹娘揍了都有直接到他怀里撒娇的，他也温言软语极有耐心地安慰着。但是对外人嘛……特别是居心叵测的外人，向来爱理不理。

白伶正想回答莲玥的话，一眼扫到不远处提着裙角奔来的身影，倾身招手道："白芷！这里这里！"

白芷的眉眼与白伶极为相似，但毕竟是女子，清秀得多，一双大眼水似的灵动，一路跑上船，到了慕白身边气喘吁吁地行礼："少主。"

许是跑得太过用力，白芷的脸上染着点点红晕，大眼一抬，扫了慕白一眼。

慕白神色不变，只是侧身道："莲夫人请。"

白伶一怔。

欸？少主主动说话了，突然心情好了？

莲玥对刚刚的冷遇似乎并不放在心上，此时也没有过分意外，笑着颔了颔首便上前一步，领三个人入了船舱。

白芷的气息仍未平稳，立在原地等着慕白先行一步，自己再和白伶跟上，就在慕白转身间，耳边响起声音极低的一句话："眼神不对。"

白穆略略一窘。

她琢磨了一个晚上，并不想以"少夫人"的身份随慕白出去。一来惹人侧目，二

来用白穆的脸,早早被莲玥认出来,势必会惹出许多不必要的麻烦。

当初慕白冒充裴瑜在商洛皇宫而未被她发现,原因之一便是白子洲人除了擅毒擅医,还擅仿旁人。慕白尽得白浮屠真传,而这三年她又跟着慕白学习,自然就包括易容术。虽然因着起步晚,身体又不好,不能修习他们那令人叹为观止的内功随意变换身形,脸上的功夫还是学到了七八成。再加上白芷在她身边服侍三年,长了个子之后与她身形还有些相似,她又天生擅仿,自认为扮作她还是不容易被人看出来的。

不想才一眼,就被慕白识破了。

眼神?

是刚刚她那个小心翼翼的探究眼神?

白穆收起情绪,敛目跟在慕白身后。白伶在一旁拿胳膊肘戳她,压低声音道:"少夫人呢?"

白穆稍有宽慰,至少白伶都未认出来,她也算不得失败。学着白芷的模样眨了眨大眼,道:"少夫人称身体不适,还是不出去了。"

白伶觑了前面的慕白一眼,回头警示地望着"白芷",做了一个抹脖子阵亡的动作,顺势吐了吐舌头。

大概是白伶和白芷之间有默契的肢体语言,白穆不太明白,只是笑了笑,垂眼继续跟着慕白。

白伶其实是想说,昨日少主明明吩咐了要带少夫人出岛,白芷却没说服少夫人出来,这一路恐怕有的脸色看了!

然而,事情似乎出乎他的意料。

慕白并未显出怒气,连压抑的薄怒都没有半点儿,反倒看来心情不错,连着应了那位莲夫人几句话。

"慕公子出岛,便只带这两位侍从?"

"是。"

"慕公子可曾听闻吾国陛下的病情?"

"不曾。"

"这一路恐怕需要大半个月的时间,慕公子若有何需要,尽管开口。"

"好。"

白伶连着瞅了莲夫人几眼,想她也是个有眼识的,说过几句话便不再纠缠多问,直接带着他们上楼,指着左右的厢房道:"这里的房间都是为慕公子准备,慕公子可挑着顺眼的随意入住，及莲和随行都住下舱，随传随到。"

"有劳夫人。"慕白微微颔首。

这位自称"及莲"的"莲夫人"行过一礼，便带着身后人退下。

"少主，你住那间，我和白芷住你隔壁就行。"白伶指了指位置和光线较好的一间房。

每次慕白在外，带的都是他和白芷，但慕白歇息时不喜外间有人，他和白芷自小一起长大的兄妹，并不守那些虚礼，同一间房一里一外好照应，也比较安全。

慕白一眼扫过"白芷"，道："每个人一间吧。"

"啊？"慕白从不过问这些事，白伶一时没反应过来。

白穆在一旁，还在思忖着"莲玥""及莲""莲夫人"，并未注意到二人的对话，只垂眼跟着眼前熟悉的身影，入了房，随他坐在桌边，正想说话，被人一胳膊肘戳得回了神。

白伶不停给她使眼色，意思便是你怎么可以跟少主同桌同坐？

白穆不由得"扑哧"一笑，恢复自己的声音道："白伶，你是真没认出来，还是演戏逗我开心呢？"

白伶再次瞪大了眼："少……少……"

"去端些茶水过来吧。"未等白伶惊讶完，慕白打断道。

白伶再上上下下打量了白穆一眼，垂着脑袋退下了。

"这莲夫人，到底是何身份？"白穆迫不及待地问道。

慕白姿态优雅地坐在一边，并未抬目看她，答道："说是东昭皇帝病重，久医不愈，东昭遍寻名医，她是奕家公子奕秦的侧夫人，奉二皇子晏临之命出海寻我。"

白穆眉头微蹙。

因着白子洲唯一的临近国是东昭，这三年来她对东昭的情况也有所耳闻。东昭有五位皇子，东宫未立，此时皇帝病重，宫内局势可以想象……奕家，是东昭的三大世家之一，地位大抵和商洛的洛家相似，根基牢固，历史悠久，但奕家从来都是参政的。约莫两年前奕家家主病逝，长子奕秦袭爵位，接掌奕家一众事务，势力不可小觑。但莲玥虽是奕家的"侧夫人"，说得难听点儿，其实就是个小妾，为何会奉二皇子之命出海寻白子洲？

"那莲玥身上……"白穆想问莲玥身上的毒，毕竟行医讲究"望闻问切"，医术高的，譬如慕白，有时候只看人的脸色便可看出端倪来。

"病入膏肓。"慕白直截了当道。

白穆一顿。

"是病还……"

又未等白穆问完，慕白便道："是毒。"

"可是春殇？"

慕白摇头："不曾拿脉，无从知晓。只看得出体内积毒已久，若再不诊治，命不久矣。"

白穆又是蹙眉。莲玥最着紧的就是她的性命。但只凭她体内积毒已久，无法推断她为何出现在东昭，又为何成了奕秦的莲夫人。

白穆想，能否找到机会拿一拿莲玥的脉，至少探一探她的底细，但抬头见慕白已经起身，立在洒满阳光的窗边，微风徐过，衣发纠缠，漠然的背影让她将到了嘴边的话又咽了下去。

对于她，若有话，除非必要，慕白从不多说；若有事，除非必要，他也从来不会插手。尽管这三年来白穆学到的东西几乎都是他亲手教的，岛上所有人都理所当然地以为他们如夫妻一般亲近，可实际上他们之间很疏离，特别是两个人单独相处的时候，甚至比当年初见还生疏。

白穆垂眸想了想，或许他在意的只是治好东昭国主的病，救回三十名族人，莲玥的身份目的并不重要。

就在白穆也打算放弃那些无妄的猜想时，当天夜晚，莲玥敲开了她的房门。

（四）阴谋

　　白穆的错愕不过一瞬，随即她露出白芷常有的纯真笑容，行了一礼，道："莲夫人好。"

　　莲玥不似从前在后宫时的面无表情，莞尔一笑，眸子里眸光闪闪："听闻白姑娘喜甜食，我特地让人做了些送过来。"

　　白穆扫过她手上的茯苓糕，一面接过，一面甜甜笑道："莲夫人真是好人，知晓我今夜未与少主一并用膳，现下正肚饿着。"

　　莲玥眉目微弯："看来慕公子喜欢独处？"

　　莲玥说着，便踱步欲要入内，白穆向前一步，正好将她拦住，继续笑道："我们白子洲的人，都喜欢独处呢。莲夫人若无要事，还是早些回去吧。"

　　船上的房门，是木质的格纹拖拉门，白穆所住的那间房较小，房门推开，她一个人站在那里横手一扶，正好将门口堵住。

　　莲玥眼底闪过一丝暗芒，随即笑道："长夜漫漫，我只是想与姑娘谈谈闲事。"

　　白穆可以笃定自己未被莲玥认出来，她为何一个劲往自己房里钻就不知道了，只是无论怎样，不该让她轻易得逞。

　　"可惜我困了，请……"

　　白穆话未说完，眼前利光一闪，莲玥竟已拿着匕首抵在她脖间，她一时怔住，莲玥猝然用力，将她推入房内。

　　"烦请姑娘配合些。"莲玥靠近，匕首已然划破她颈上的皮肤。

　　白穆只是瞪着她，并不反抗，亦不叫喊。

　　其实她扮作白芷还有一个缺陷，白子洲上的人个个能文善武，能姓"白"的，更不会是普通人。白芷白伶虽年幼，却各有一身无双武艺，白穆因身子骨太差，只练过一些强身健体的基本功。

　　"也烦请莲夫人小心些。"白穆手里还拿着茯苓糕，瞥眼扫了扫莲玥握着匕首的手。

　　莲玥顺势看去，已经红肿了一片："你给我下毒？"

　　"莲夫人未免小看我白子洲。"白穆只沉声道。

　　"就是不敢小看，今日才借姑娘躲一躲。"莲玥似乎并不在意身上的毒。

白穆闻言，凝神细听，外面似乎有刀刃相接的声音，还有低沉的喊叫，被隔离在外。船正在海上，哪里来的刺客？

"你若再不放开我，我下的毒与夫人体内的毒融合，恐怕不出半个时辰夫人便命丧于此了。"白穆讥道。

"你看得出我有毒在身？"

"春殇可对？"白穆趁势探问。

莲玥的身子微微一颤，这才正视她。

白穆见她的反应，看来真是当年的春殇未解了。

莲玥似乎正要说什么，双唇颤了颤，却有一柄长剑突然破窗而入。白穆一惊，莲玥显然也未料到这一剑，身形一歪，匕首猝然划过白穆的颈脖。

随着长剑入房的，还有几名黑衣人，招式狠戾地向着莲玥袭去。白穆捂着不停流血的脖子，想要外逃，却被一个人拦住去路，眼看一剑正对她劈下，她眼疾手快地撒出一把毒粉，冰冷的杀气仍旧劈面而来，却听"叮"的一声，随即是温暖的怀抱。

"慕……"白穆的嗓子被刚刚那一匕首伤到，一时竟说不出话来。

慕白将她拥入怀中，见到她脖子上不停涌出的血，略略皱了皱眉。

船舱里马上乱成一片，数十名黑衣人同时拥入，莲玥在跟一批人厮斗，白伶在跟一批人厮斗，另外一批人举剑正冲过来，白穆在慕白怀中，只觉得身子一轻，便随着慕白轻轻几个跃身，到了船顶。放眼望去，倒在船上的东昭军，有死有伤，还有在苟延残喘继续和黑衣人打斗的。

白穆只觉得呼吸都不太顺畅，眼前也跟着一片片发黑，着急地看向四周。

"莫怕。"慕白清润的声音传来，"莫动。"

这么些尸体，突如其来的混乱场面，只是让白穆想起三年前的那个夜晚而已。商洛皇宫大乱的那个夜晚，她生平第一次见到那么多尸体，那么多鲜血。

慕白将她扶正，一手拿出素白的帕子，专注地望着她的伤口，细细替她揩去颈上的血。白穆一眼就看入他夜幕似的眸子，沉静如水，深邃怡然，仿佛随时都藏着春风，只要轻轻一扫，便拂面而过。

周遭的打斗仿佛不在，慕白安静地替她擦净血，从腰间取药，动作顿了顿，抬眼看住白穆。白穆眼神一闪，才发现自己微微颤抖的手一直抓着他另外一只手，连忙放开。慕白双手得了自由，便继续沉默地给她上药。

这一幕略有些诡异。

第九章 真假公主

　　船面上的打斗如火如荼，愈演愈烈，船顶上的人静得仿佛就要融入夜色，白衣青丝，随风飞舞，神情专注地替眼前女子上药，似乎分处于两个不同的世界。

　　然而，不过片刻，便有人欲要打破这样的安宁。

　　白穆察觉到凛冽的杀气从四面袭来，竟比海面上的寒风还要生猛，慕白眉头微微一皱，眼底便透出几缕烦躁来。

　　眨眼的工夫，他已然再次将白穆纳入怀中，带着她迎向袭来的黑衣人。

　　这是白穆第一次真正见到慕白出剑。

　　当年他们从商洛途经东昭回到白子洲，一路顺遂，并未遇到什么大麻烦，到了白子洲后三年未出海，也没遇到过什么事，她对慕白的功夫还停留在当初他扮作裴瑜时的印象。

　　她在他怀里，几乎见不到他的剑招，只觉得自己随着他一道身轻如燕，眼前剑光闪过，血光随之而来，耳边不停响起各种惨叫声，几乎一盏茶的时间不到，他们已经从船头杀到船尾，耳边突然一声大喝："在下失礼！慕公子手下留情！"

　　几乎与此同时，慕白的剑已经停下，揽着白穆的身形亦已顿住。

　　白穆抬眼便见一名黑衣人抱着双拳，单膝跪地，一旁莲玥已经被人架住，白伶面色苍白，迅速移到他们身侧。

　　夜风阵阵，沾着血气。

　　白穆这才发现，刚刚慕白并非杀人，而是剑剑精准地划过了黑衣人的双目，此刻大部分人都捂着双眼在地上打滚。

　　"打扰慕公子休息，在下万死不足谢罪！还请慕公子放他们一条生路！"跪在地上的黑衣人又道。

　　"徐将军客气了。"慕白垂目望着他，面上没什么表情，倒是那名黑衣人，蒙着脸，诧异地望向慕白。

　　"回去记得跟你主子说一声，要取我性命，他还生嫩了点儿。"慕白语气温温地说了这么一句话，便负手离去。

　　一夜之间，船上的东昭军换了一批人，其实仍旧是东昭军，但白伶悄悄对白穆说，此前那批是二皇子晏临的人，而这一批，既然是"徐将军"为首，应该是三皇子晏宇的人。

　　东昭皇帝病重，东宫未立，有人想接慕白过去救他，自然也有人想趁机除去慕白让那位救无可救。三皇子这批人，恐怕在下舱藏了半个月之久，就等着莲夫人接到慕白，在海上动手。

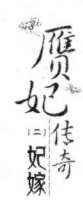

白穆对夺嫡之争并没有太大兴趣，脖子上的伤口虽然不深，仍旧流了许多血，回去之后倒床便睡。只是房间里的窗户被弄坏，一时间也修补不上，夜风直直灌入，迷迷糊糊间，似乎有个白色人影替她加了床被子，左右掖好，又轻轻地给她的脖子上了一次药才离去。

她睡得正沉，也不记得是否有对他说声"谢谢"。

那一夜之后，船只继续驶向东昭，再无异常。白穆没再见过莲玥，只见到许多蒙着纱布的东昭军，那位徐将军似乎来找过慕白几次，无果。

约莫七日时间，白穆脖子上的伤只剩下淡淡的痕迹，开口说话也恢复到从前一样顺畅。她既扮作白芷，自然大部分时间是和白伶一样随在慕白左右。只是她发现，他们三个人在一起，倘若没什么特别的事情商量，气氛就格外尴尬。

慕白大多时候沉默，白伶时不时地瞧瞧她，再瞧瞧慕白，找个借口出去一会儿，再回来，偶尔叹口气，再瞧瞧她、瞧瞧慕白，周而复始，一天里能有好几次。

这会儿白伶又找"端茶"的借口出去了，白穆看了一眼坐在窗边远眺海面的慕白。

漂亮的侧脸，完美的轮廓，若是笑起来，即便是在冬日，也像雪地里开出了温暖的春花。只是面对她时，经常习惯性地沉默。白穆以为点破他们婚约的事情便会恢复正常，可在海上这么些日子，貌似还是和从前一样。

"我先回房歇息歇息。"白穆留下一句话便离开。

白伶回来时，见到只剩下慕白一个人倚在窗边，终于忍不住嘟囔道："少主……你为何总是待少夫人那样冷淡？"

"哦，不能说冷淡，根本就是冷漠。"白伶不明白，他家少主对外人话少很正常，可对岛上的族人向来温柔，也极容易亲近，因此备受族人爱戴。不知为何，偏偏对白穆格外不一样……

慕白默然转身，姿态优雅地接过茶壶，给自己倒了杯茶水。

"当初你直接把少夫人往那么冷的河水里扔，少夫人都不曾有过怨言，你经常不理睬她，少夫人多尴尬。"白伶敬重慕白，却不是惧怕，在他看来，白穆脾气也是极好的，不太明白为何少主不喜。

慕白神色不变，垂眼饮茶。

"少主若是讨厌少夫人……"

"讨厌？"

第九章 真假公主

慕白突然开口，侧目看向白伶。白伶连连点头："是啊，少主若是讨厌……"

"第一次有人能那样轻易撩起我的怒气。"慕白突然打断白伶的话，徐徐道，"第一次有人让我无可奈何又别无他法……"

白伶知道慕白不喜吵闹，忙道："这也不至于讨……"

"紧张。"慕白垂目，长睫扇子似的搭在眼皮上，"看到她，会紧张而已。"

半个月的航程，顺利抵达东昭泊城，沿岸船舶众多，人流密集。

白穆刚刚出船舱，就愣了一愣。又是大片东昭军，将整个港口都围了起来，整整齐齐地列成两排，从百姓中隔出一条道来。空道中间停了两辆金光闪闪的马车，一前一后格外抢眼，引来更多的百姓驻足围观。

时值深秋，阳光却正好，天空湛蓝，万里无云。

白穆一眼望去，只看到站得笔直整齐的东昭军，和黑压压的人群。

其实，除了这些人，还有一个人。

或者可以说，千千万人中，白穆一眼望去，就正好，只看到了那一个。

他明明站在拥挤的人群中，却仿佛只身一人遗世独立，入鬓的长眉，深邃的黑眸，嘴角的笑意，一个瞬间，便仿佛将她拉回了多年前。

他曾在树下望着她笑，在雨中望着她笑，在给她致命一刀后仍旧望着她笑。

当然，他现在并非望着她笑，他身侧拥着另一个女子。

她曾无数次告诉自己不要逃避，无数次预料过一旦走出白子洲，就可能会触到过去，会遇到故人，独独没有想到的，便是时隔三年，她第一次重新踏上这片大陆，千万人中，第一眼看到的就是他们。

第九章
真假公主

（五）喜欢

　　失神只在一刹那，白穆的注意力马上被身后突然响起的惊恐叫喊分散："眼睛……将军，我的眼睛看不见了！"

　　"我也是……将军，我也看不见了！"

　　白穆回首看去，本是跟在他们身后的几名东昭军惊惧又茫然地左顾右盼，不停揉眼。那名徐将军脸色尚算镇定，站在原地双拳紧握，眼底竟也同样雾蒙蒙一片。

　　"请慕公子手下留情！"徐将军突然单膝跪地，声音隐隐有些颤抖。

　　慕白淡淡地扫过他，并未言语，转身便抬脚先行下船，只留下十余名慌乱的东昭军和仍旧跪在地上的徐将军。

　　白穆忍不住多看了徐将军一眼，虽然睁着眼，但眼神空洞无光，面上略带惶恐，恐怕也跟其他人一样，看不见了。

　　"少主给他们下毒了。"白伶见白穆步伐缓慢，回头拉了拉她的袖子，声音极低地说道。

　　白穆垂首，其实早已猜到。

　　慕白是族长一手教出来的，擅医，更擅毒，要不知不觉地毒瞎这些人的眼，也不是什么难事。只是能把毒的用量，发作的时间估算得这样准……

　　白穆又回头看了看船上的东昭军，没有一个人跟上他们。今日突然毒发的这些人，再加上那夜被慕白用剑毁掉双眼的人，此次去过白子洲的东昭军，非死即盲，无一幸免。

　　若她所猜不错，这应该是慕白早有打算。即便途中没有生出意外，除了他们三个，所有人的眼，也会是盲的。

　　心下盘算这些时间，她又落下许多，再抬头，见慕白正好回首望着她，阳光下白衣胜雪，丝发如墨，眼神一如既往地和煦安宁。

　　白穆略略垂眼，连忙快步跟上，刚到他身边，他便继续抬步前行，不经意间听他低声道："世事没有纯然的黑，亦没有绝对的白。"

　　世事的确少见纯然的黑与白，绝对的对与错，身处的立场不同，所站的角度不同，同样的事情便会有不同的结论。

　　白子洲能独居世外这么些年，很大程度归功于隐蔽的地理位置，族人团结一致，

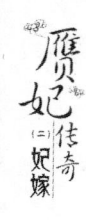

从不轻易带外人上岛。这些东昭军既然知晓了前去白子洲的路途，要想白子洲继续不受外人侵扰，失去双目似乎是必然。

白穆并没有不理解慕白，尽管在想到近百人都因为他们的私心而再也见不到光明时心中有些许愧疚，但想到白子洲灿烂的阳光，一张张温纯的笑脸，与世无争的安逸，便觉得背负多少愧疚都是值得的。

"慕哥哥！"

白穆的注意力再次被一声叫唤分散，清脆的男童声音，带着几分纯真几分惊喜，在略有嘈杂的口岸尤为悦耳。她不由得抬眼看去，便见一名十一二岁的男童，锦衣华服，玉簪束发，一手在前轻握衣袖，一手随意在后，尽管面相还是个孩子，却架势十足，一步步走来，走得越近，面上的笑容越深，眼底的笑意亦愈沉，如深潭一般。

这样的笑容和眼神，莫名让白穆想到一个人，再抬头看去之前的方向，人潮涌动，那个人已经消失不见。

"慕哥哥，彦儿听说你要来，特地过来接你。"男孩笑容满满地走近，拉住慕白的手臂兴奋道。

白穆虽是好奇，却没再抬眼看他。既然自称"彦儿"，那应该是东昭四皇子晏彦了。

东昭国姓为"晏"，现任国主膝下五名皇子，大皇子晏钰，早早封了太子，可惜三年前不知何故触了龙须，被废了太子位，之后一蹶不振，不曾听闻过他的相关消息；二皇子晏临，便是派莲玥接他们出海的主使，据传文武全才，仪表堂堂，可惜母亲只是个昭仪，出身不好；而三皇子晏宇，皇后所出，向来性子乖张，桀骜不驯，便是他安排了刺客埋伏在船内，将船上的人彻底换了个遍，甚至打算直接取慕白性命，最后全部人马非死即盲。

至于这位四皇子晏彦，年仅十二，因为年幼，不甚出挑，也不被关注。这次却不费一兵一卒，众目睽睽之下黄金马车迎他们下船，名声有了，功劳有了，渔翁之利捞了个干净。

白穆低眉顺眼地跟着慕白，只听他温温道："四皇子长高许多。"

"那是自然，你都三年不曾见我了！"晏彦笑嘻嘻道。

白穆从慕白的语气里听不出他对晏彦的喜恶来，听晏彦继续道："走吧，父皇的身体糟糕极了，我看只有你快快入宫才能救他了！"

"御医可有诊断？"慕白问道。

"有啊。起初父皇只是腹泻，胃口不好，有一日突然高热不退，御医说是风寒，

第九章 真假公主

可是不论吃什么药，父皇高热始终不退，且日渐消瘦，御医们束手无策，还在民间广征名医，最后……"晏彦鄙夷地"哧"了一声，道，"最后还不是没用。"

慕白没再说什么，只是在临上马车前，突然道："我要见他们。"

晏彦显然一顿。

"见不到人，我不会进宫诊治。"

未等晏彦反应，慕白先行上马车，白穆紧随其后，上车前，眼风再次扫过熙攘的人群，此前看到的人，仿佛只是她的错觉，消失得无影无踪。

这夜他们并未即刻入都城进宫，晏彦显然没有轻视慕白的话，直接将他们送到了宫外的行馆，并允诺明日一早会放出被晏临关押着的白子洲族人，只要慕白应允入宫看诊。

行馆本就是供外来使臣居住之所，布置得大气又不失雅致，各个别院分门而立，别院内又有房屋数间，前有花园后有湖泊，格外怡人。

白穆与慕白、白伶各用一间房，行馆内本还安排了下人，慕白一句"不用"便全都退了出去，整个院子只剩下他们三个，十分安静。

晚膳是行馆的人直接送进来的，白伶布好了菜，便很是无奈地看着端坐桌边默默用膳的两个人。

之前他家少主对他说"紧张"，说看到白穆会紧张。他想了好几日也没想明白……

从小到大，他看到会紧张的人……貌似只有夫人？还是夫人横眉一竖发脾气的时候。少夫人虽然模样与夫人有些相似，学起东西来也和夫人一样快得让人惊叹，但脾气那是顶呱呱地好，平日都不见大声说话的，他都不怕，少主怕什么？难道怕少夫人哭鼻子？

唉……

白伶忍不住叹了口气，正在吃饭的两个人齐齐望向他，他连忙噤了声。

"行馆内可还有其他人居住？"白穆终于率先开口问道。

慕白略略一怔："不知。"

白伶忍不住在心中嘀咕，多说几个字会少块肉吗……看吧，又把少夫人堵得没话说了。

白穆沉默了许久，方才又道："明日你若入宫看诊，我可要随行？"

"不用。"

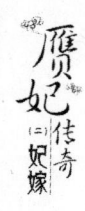

　　白伶又窘了一窘,连忙解释道:"皇宫禁卫森严,向来只许少主带一个人入宫。且宫中局势瞬息万变,少夫人还是在宫外比较安全,我们看完诊会马上回来。"

　　白穆恍然点头,慕白若无其事地继续用膳。

　　片刻,白穆放下筷子,道:"我先回去歇息。若是明日一早你们要入宫,白伶在门外知会一声便好。"

　　白穆说着,望向白伶笑了笑。

　　白伶连连点头。

　　白穆笑着表示了谢意,转身要走,慕白却突然开口问道:"你想知道'他'是不是也在这行馆中?"

　　白伶听慕白咬重了"他"这个字,却不知他指的是谁,看向白穆,见她面色晦暗,此前挂在脸上的笑容消失无踪,踟蹰半晌才道:"我今日好像……"

　　"不在。"慕白未等她说完便回道。

　　白穆没有再说话,只是垂着眼皮,掩住了眼底神思,"嗯"了一声便离开了。

　　白伶上前去关门,回头见慕白也没再吃饭,举着筷子不知在想些什么。

　　"少主,你到底怕少夫人什么啊?"白伶无奈地嘀咕道,"我也就是在你扔少夫人下河那晚看过少夫人哭,其他时候她都是笑着的,有什么好怕的?"

　　虽说当年夫人隔三岔五把少主往海里扔他都没哭过,可少夫人毕竟是个姑娘不是……

　　慕白放下筷子,施施然起身,随意在房内拿了本书,倚在矮榻上看起来。

　　白伶上前收拾碗筷,一面收拾一面嘀咕道:"你若真怕少夫人,就更得和她多处处啊。像我从前怕夫人发脾气,如今见得多了,她站在我面前吼我都不怕了。"

　　慕白没有吭声,白伶就继续道:"夫人还指着你和少夫人早日成亲呢。你不喜欢少夫人也就罢了,居然还怕她……你怕她,对她说话就冷言冷语的。你又不是不知道,你一旦说话没表情没温度,连东昭那些皇子也怕的,长此以往,少夫人肯定也怕你了。我看人家要成亲的两个人都是互相喜欢的,就你跟少夫人,互相害怕……"

　　白伶打开话匣子便说个不停,房间里好似只有他一个人的絮叨声,良久,才被一个清润的声音打断。

　　"从前我看着她和他的过往,只怒其不争,恨不能丢下她不管不顾任其自生自灭好生反省。如今想着她和他的那些过往,只怒上心头,恨不能直接杀入商洛皇宫一剑取了他的性命。刚刚她竟然在我面前打听他是否在这行馆,令我更为不悦。"慕白在矮榻上看着白伶,神情沉静而认真,"这可算得上是喜欢?"

白伶不清楚白穆的过往,也听不太明白慕白"她"啊"他"啊的到底指的谁,只窘窘地看着慕白,低声道:"少主,你的书……拿反了。"

（六）不离

第二日一早，慕白果然入宫看诊去了。白穆并未亲眼看到被扣押的白子洲族人，只听到白伶在门外的低唤声便醒了过来，听着他们离开的轻碎脚步，再也没有困意。

偌大的行馆，安静得似乎只剩下她一个人。她自行起身，梳洗了一番，正觉无聊，便见到房内桌上多了几本书，是她素来喜欢的人物小传，也不知是不是白伶怕她无聊，昨夜特地送过来的。

白穆怕惹麻烦，并不打算出门，但午膳刚过，这行馆便来了位客人，或者说，是主人。

晏彦换了身藏蓝色的衣裳，更显得精神爽朗，笑脸明媚，入门便道："白芷姐姐，今日慕哥哥入宫看诊，我带你看看我东昭都城如何？"

白穆早不是当年不知皇家为何物的天真少女，昨日这个十二岁孩童在港口时深邃的笑容和沉不见底的双眸已经让她心生警惕，今日又突然到访，他堂堂东昭国的皇子，即便还未长大未掌权，明知她只是一个侍女，自称"我"，还唤她"姐姐"？

白穆不动声色地行了礼，道："劳殿下挂记，白芷自行看看书便好。"

"我都大老远跑过来了，不管！你必须陪我玩一玩！"晏彦眉毛一竖，跺着脚便拉着白穆往外跑。

行馆所在的泊城是东昭都城旁侧的一个小城，离都城两个时辰的路程，因此慕白入宫一次，回来必定是晚上了。白穆虽不想出去，却拗不过晏彦，几乎是被他强行塞上了马车。

一上车晏彦便笑眯眯道："白芷姐姐，怎的这次相见，你变得扭捏了这么多？"

白穆心下一顿，想到晏彦初见慕白时说的话，眨巴着大眼道："转眼已三年，自然不一样。"

"那是，白芷姐姐都长成与我皇姐一样的大姑娘了。"晏彦继续笑道。

他嘴里的皇姐，白穆也略有耳闻。东昭五位皇子，却只有一位公主，皇帝视若珍宝，赐号长宁。

"其实嘛，白芷姐姐，我这次拉你出来……是有点儿小事想问你……"晏彦笑嘻嘻地往白穆身边挪了挪，道，"上次慕哥哥以已有婚约之名拒绝了我皇姐的一番好意，如今……他那位未婚妻可娶回家了？"

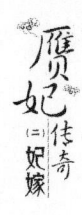

"长宁公主的……一番好意?"

白穆并不曾听闻此事,思及慕白向来寡言的性子,瞪大眼好奇道:"长宁公主?少主从未提及此事。"

"其实这次父皇病重,想到慕哥哥的人不是我啦,是皇姐。"晏彦笑得孩子般明朗,摇着白芷的手臂撒娇道,"白芷姐姐,你就告诉我嘛,慕哥哥到底是否成亲?若已经成亲了,我正好告诉皇姐,让她消了念头。"

这个问题,恐怕是真正的白芷在这里,也不知该如何回答。白穆只是做出白芷该有的无奈表情,道:"少主的事,我们不可旁议。"

"就知道……"晏彦噘嘴,"还是和从前一样。"

白穆没有再说话,晏彦也没有再问,到达都城时已近酉时。秋日的日头下得早,夕阳斜挂,平添暖意。

白穆已经有许久不曾见到这样人头攒动的热闹集市,晏彦一路拉着她,一面向她介绍路过的地方:"这些地方以前我都带你来玩过,你还记得吧?但是今日有一样你定未见过!"

白穆此前便隐约担心晏彦带她出来另有目的,眼看天色渐晚,便做出兴致缺缺的样子道:"我们先回去吧,少主的晚膳我得亲自准备。"

晏彦回头笑嘻嘻道:"有皇姐在,今日他怎可能出宫?今夜十五,你可知商洛都城每逢十五,便会有夜市,热闹非凡?"

白穆被他拉得在人群里走得飞快,并未作答。

"咱们东昭都城每逢十五,除了有夜市,还有焰火看呢!保管是你从未看过的美景!"晏彦细白的小脸被夕阳照得绯红,"所以这次你一定不可错过!我亲自带你去最好的位置看!"

白穆被晏彦拉着进了一间酒楼,楼是少见的三层高,其中富丽堂皇,只看客人衣着便知都是些非富即贵的人光顾。

"喏,我们在这里用个晚膳,听听书,待到子时,便能看到焰火了!"

晏彦说着,兴奋地指了指窗外。白穆顺势看去,他们处在高位,不远处的湖泊尽收眼底,晏彦所指的,正是湖泊上空的蓝天。

事已至此,白穆不得不随着晏彦的意思,想来他也不过是个十二岁的孩童,白子洲声名在外,他约莫不能、也不敢把她如何。

用过膳,店家上了茶水,晏彦很识趣地没有再打听白子洲的事情,只是讲些东昭

第九章 真假公主

民间的趣闻。白穆既是扮作白芷，也随着她的性子，跟着晏彦笑声不断。

茶过三盏，开始有人说书。

说书先生一把山羊胡，醒木一拍，纸扇一摇，整个酒楼便安静下来，都望向他等着他的故事。

只有白穆依旧看着窗外。

说书，她太过熟悉，熟悉到有些惧怕。

她曾经为了找一个人，日夜模仿说书先生，以此闻名。她因为说书认识阿碧，最后又不得不失去阿碧。她因为说书入宫，最后奄奄一息地捡回一条命。

不料那说书先生今日说的故事，更是她所熟悉的。

"上回说到那柳如湄更名改姓，入宫骗宠，在后宫极尽狐媚之事，勾得那商洛新帝就差日日不早朝！朝中官员心急如焚啊，连太后都率先开口，'今年的选秀之期必得提前'！岂料贤妃跋扈，粗鄙女子最喜的一哭二闹三上吊用得是淋漓尽致！且说那日新秀女入宫，洛家得女洛秋容，端的是天人之姿……"

白穆不听也得听，那说书人将"贤妃"如何刁蛮欺负新入宫的洛秋容，如何触怒商洛皇帝被冷落半年，如何使出狐媚之术再次邀宠，甚至连她在沥山"不自量力"入山寻皇帝妄图立功，最后落得个险些丧命贻笑大方都说得绘声绘色。

最后白穆也不看向窗外了，看着那说书先生的嘴一张一合，竟有些恍惚，仿佛真有那样一个人，那样一个跋扈、刁蛮、不自量力的贤妃存在，那个贤妃粗俗到不知如何爱人，自私到不容旁人伤害，不自量力到不懂何为欺骗。

白穆听着听着，竟也跟着听客们笑了起来。

倘若真有这样一个贤妃存在，何尝不是件好事？

"然，以色事他人，能得几时好？更何况是凭着商洛皇帝已故青梅的'色'！"不知不觉中，故事已经说到了尾声，"三年选秀之期又到，柳如湄竟故态萌发，拈酸吃醋摘星阁上以死相逼！商洛皇帝岂容这一而再再而三蛮不讲理的胡闹？当即下令一把大火，连人带楼烧了个干净！"

"烧得好！"

"简直是刁妇啊！"

"亏得那商洛皇帝情深义重，竟能忍她三年！"

酒楼里一片叫好声，说书先生则摇头道："可怜商洛皇帝痴心错付，幸好此时又来一女，姓洛，名采桑。"

　　酒楼又安静下来，等着说书先生的后话，却等来"啪"的一声："欲知后事如何，且听下回分解！"

　　酒楼中的人一时作鸟兽散，吃饭的继续吃饭，喝茶的继续喝茶，聊天的继续聊天。

　　"你想知道后事如何？"晏彦瞪大眼睛凑到白穆眼前。

　　白穆这才发现自己走神，扯开嘴角笑了笑。

　　"我告诉你吧！消息比这说书人可靠得多哦！"晏彦得意扬扬，喝了口茶水才道，"据说那贤妃柳如湄与柳湄相似不过三分，而后来出现的洛采桑，却与柳湄有九分相似！商洛皇帝自然爱不释手，直接封了贵妃，就待她诞下龙子封后咯。"

　　晏彦见白穆嘴角的笑意愈甚，道："怎么样，是个好结局吧？"

　　白穆"咻"地笑出声："不错，很好的结局。"

　　真真极好的结局！

　　白穆笑得眸子里漾着水光一般，明媚照人。晏彦还想说什么，却见有人弓腰垂首地从楼梯口朝他们走来。

　　那个人到晏彦耳边说了几句话，刚刚还笑得双颊桃粉的晏彦霎时间面色苍白，血色全无。

　　"走！跟我入宫！"晏彦不由分说地拽着白穆便急速下楼。

　　晏彦如此着急，定是宫中有事。东昭皇宫的事情，白穆实在不想掺和，而且今日这么巧，他带她出来，宫中就有事，也不知是否早有安排。但晏彦身为皇子，身边暗卫必不会少，她若贸然下毒将他毒倒了反倒坏事。

　　白穆不动声色地随晏彦上马车，看他不时焦急地看看车外，心中盘算着找什么机会在进宫之前脱身。

　　马车疾行了没多久，突然听得一声破空嘶鸣，马车剧烈颠簸之后，停了下来。

　　晏彦毕竟只有十二岁，面上的烦躁尽显无遗，推开车门便大骂道："本皇子的马车，谁敢……"

　　话到一半，却顿了顿，诧异道："慕……哥哥？"

　　白穆心下一喜，忙唤道："少主！"

　　说着便打算下马车，手腕却被晏彦紧紧扣住，但也只是一瞬，晏彦的犹疑一闪而过，随即放开了她。

　　慕白只身一人，今日穿了一身烟灰色的袍子，骑在马上，仿佛要融入夜色一般。

　　"多谢四殿下亲自将白芷接到都城。"他淡然开口，声色辨不出喜怒。

第九章 真假公主

晏彦似乎有些尴尬，僵硬地扯了扯嘴角，道："本打算带白芷姐姐在都城玩一玩，得报宫中出了事，便正好带她去找你。"

"宫中的确出了点儿事，四殿下若想搅那潭浑水，现在还来得及。"慕白说着，已经翻身下马，眼神落在疾步走来的白穆身上，便柔缓了许多。

白穆的手被他拉住，心下才稍稍安定，身子一轻，被他举上马。

"慕白先行一步。"慕白跟着上马，也不再管晏彦，马鞭一扬，朝着先前相反的方向离去。

深秋的夜晚，寒气愈重，疾风穿身而过，但身后隐隐透出的暖意令白穆并不觉得冷，离皇宫越远，心下也越发安定。

"三皇子晏宇举兵叛乱，欲要夺宫，直捣皇宫。"未等白穆开口，慕白便解释道，"你身边亦有暗卫，得了消息我便来接你。"

白穆微微吐出一口气："白伶呢？"

"去城东的客栈歇着了。"

"那我们这是……"白穆看了看越发偏僻的四下，"去哪里？"

马步仍旧未停，只是缓了下来。

"有些话……想要对你说。"

白穆微微一愣，抬眼看慕白，见他薄唇紧抿，眸光闪烁，面色更显白皙，对上她的眼，便微微一笑，眼神如春风拂过般软暖。

白穆又是一愣，随即垂下眼。除了当年初与慕白相识，她有许久不曾看慕白对她这样笑。这三年来，他们之间说得最多的话便是讨论他教她的东西，这样一个夜晚，皇宫大乱，他却突然带她出城说有话要说？

他们停在一处山头，一眼望去，看不到皇城，只有茂密的丛林和静逸的房屋，山风猎猎，白穆不知慕白想对她说什么，心中不安，喉头便有些干涩，正要开口相问，他已然开了口。

"我自小在白子洲长大，由母亲一手教养，也自小便知道我并非母亲的亲生骨肉，将来要娶母亲的亲生女儿。"慕白负手望向山底，声色和合，"因自小被这样教养，我一直认定此事，不曾怀疑，每次出岛的任务之一便是寻你。"

"当初我听闻商洛有名以'仿'闻名的说书先生，便急忙寻去，却得知你已入宫。商少君一直想借白子洲的势力，所以沥山一行正好见到你。那日初见你与母亲略有相似的眉眼，心下便有了计较，但……并不确定。因此才趁着教你骑马之机看你背后是

否有母亲所说的胎记，并问你的穆字，到底是哪个'穆'。"

白穆微微垂眼，慕白如何寻她的事情，她从来不曾问过，这也是他第一次主动提及细节。

"沥山之时，我亦发现你对商少君情根深种，恐怕不会轻易随我离开。"慕白继续道，"且因着我的身世，我一直想调查华贵妃一事，便趁着裴瑜自尽时潜入宫中，同时伺机带你离开。哪知……"

慕白少见地自嘲一笑："哪知你对商少君的情意，比我想象中更甚。我本想着你二人若是郎有情妾有意，我自不会横加干涉。但我看着你一次又一次地担忧失望……"

慕白顿住，没有继续，只是眉头微微蹙起，似乎也不太愿意提起这些过往。

"摘星阁上我依你所言找他去见你，本是想让你断了最后的念头，不料他会狠心到取你性命……随后我带你出宫。

"作为旁观者，我怒你不争，为了一个毫不珍惜你的人几次险些送命。作为我自己……"慕白转首，坦诚地凝视白穆，"我自小学着你应该学的东西，享受着你应该享受的爱戴，处处被人尊崇，你却因为我原本的身份承受着我应该承受的苦难。我虽阅人无数，周游五国时亦经事无数，却有很长一段时间，不知该如何面对你。"

白穆心中微微一动，她从来不曾想过这么多，也没想过慕白会想这么多，他们两个人最开始的路，自己并没有选择的权利。

"白子洲的族长之位，向来只传白氏嫡系。且因着白氏特殊的血统，若传女子，必得招婿入岛。"

白穆颔首，她也是到了白子洲之后，才知道自己过目不忘和天生擅仿这些本事，白浮屠也有，只要是白氏嫡出的女儿，都是如此。所以一代代传下来，白子洲的人琢磨了许多模仿旁人的技巧，易容也成了他们的专擅。

"虽然我从小被告知将来要娶你，岛上族人也早将我当作族长来看，我却知道，你心中所系，并非是我。我不愿因着族长之位而娶你，亦不愿你因着族人的压力而嫁我。"慕白继续道，"因此我竭尽所能地教你，待你学好应该学的……也如你从前所猜测的那般，我会离开白子洲。"

白穆心中一急，忙道："我此前便与你说过，定会向众人解释一切，你无须娶我，你我便如兄妹……"

"你听我说完。"慕白微微一笑，白玉般的手指柔滑地拂过白穆的刘海儿，将她的散发捋在耳后。

第九章
真假公主

　　白穆很少与慕白有这样亲密的动作，连慕白对她这样笑，这三年来她似乎都极少见到。

　　"母亲性子蛮横，我身边的女子又向来屈指可数。"慕白说起母亲，笑得温暖，却有些无奈，"男女之情我见过许多，却从未亲身体验过，不知那该是怎样一种情感。从来我都想着，待我找回你，便与你成亲，这仿佛是天经地义、理所当然的事情，不曾想过那些波折，亦不曾想过喜欢与否。"

　　他突然唤道："阿穆，当初你为何喜欢商少君？"

　　白穆眼神一闪。

　　曾经，她在暗无边际的皇宫里守着，在等待时，也曾问过自己这个问题。为何会喜欢商少君？为何偏偏是商少君？倘若换作任何一个人，她都不会那样辛苦。

　　她问了自己许多次，终究找不到答案。事情的开始似乎只是凑巧，在她情窦初开的年纪，出现了一名有趣又可爱的少年，让她的世界变得更加多彩，让蓝天下的阳光更加灿烂，让她的笑容更加肆意，让她不知不觉间深陷。到了后来，尽管发现他不再是最初的模样，事情却不由自己控制，越想抽身离去，却越陷越深。从年少时欣然的喜欢，到最后刻骨的爱意，或许是在她执着的等待里，或许是在一次次的缠绵缱绻里，或许是在他一声声甜言蜜语里，她就那样一步一步走了下去。

　　白穆自嘲地笑了笑，摇头。

　　慕白微微垂眼，月光下清俊的脸上投着淡淡的薄影，烟灰色的衣裳夹杂着墨色的发丝迎风飘卷，却让人觉得安静，静得如同一幅水墨画。再抬眼，眼底泛起氤氲的柔意，笑容亦在眼角蔓延开来，暖色便如同一夜袭来的春风，扫遍冬雪。他微微上前一步，握住白穆的手，指尖竟有少许冰凉，望入她眼底，低声道："我亦不知何时开始……或许在看着你一次次为他落泪神伤的时候，或许是这些年一日日看着你愈渐坚强的时候，或许从小到大我便已经认定……阿穆，你与我说做兄妹，我心下会有不快，你与我提及他，我心下亦有不快，我想着离开白子洲，越来越不舍得，想着将来或许能娶你，心中却是欢喜。我琢磨了许久方才恍然大悟，或许这样……便是喜欢？"

　　白穆难以置信地望着他。尽管此前二人之间最常见的是尴尬、生疏，但私心里，她对他有敬意有谢意。

　　他并非和她一样，是白氏传人，却能将白浮屠所教的东西学得炉火纯青；他对内对外，都有自己的一套法子，将白子洲打理得井井有条；他虽与她同龄，却丝毫不见这个年纪的男子应该有的生涩，老到而聪明地处理身边所有的事情；他将他所学，毫

无保留地教给她，在她最为潦倒的时候一点点地扶着她站起来。

但她一向觉得他教她、他与她相处，是迫于她的身份，无奈为之，他待她极为不喜，所以才不冷不热。

"或许这样的喜欢，比不上你对他那样轰轰烈烈，但……"慕白将白穆的手纳入手心，沉目定睛，似要一眼看入她心底，"你若愿意，慕白此生，不离不弃。"

第九章 真假公主

（七）不弃

东昭宫内大乱，许是十五的焰火绽放得太过耀眼，宫外竟无人察觉。一夕之后，仿佛什么都不曾发生过，宫内宫外一片寂静安宁，想必是"夺宫"失败。

第二日一早，宫外就遍布流言，称三皇子晏宇趁皇上重病，意图除去来自白子洲的神医不说，竟举兵造反，意图夺宫，幸而被二皇子晏临及时镇压，皇上无虞，皇宫亦暂保安宁。

白穆随慕白回了白伶所在的客栈，一大早便听楼下的茶客们议论纷纷。

东昭皇帝的病，估计也不是一日两日便可医好，因此只剩下她一个人在客栈。她对皇宫那些事着实不感兴趣，总归慕白医好皇帝之后他们便会启程回白子洲，也没有了解的必要。想到昨日慕白说她身边有暗卫，也不像昨日那样顾忌，喝过早茶便出门，以免时间太难熬。

这片大陆有五个国家，东昭、商洛、南临、祁国、贡月，其中数东昭国土面积最大，商洛与其西北方接壤，地貌气候大有不同。相比起商洛的深秋，东昭要温润许多，东昭的都城亦更加繁盛，只是民风不若商洛开放，街道上甚少见到独行女子。

从前白穆上街最爱做的事是听说书，但昨夜听过那么一出后，兴致全无，思及东昭最为有名的云锦，便由一家家的布行逛过去。

却不想，东昭都城说大也不大，这一逛，竟遇到了一个熟人。

莲玥身边只带了一名婢女，正在看一匹锦布的花样，只听那婢女在一旁细声道："夫人，这匹是藏蓝色。夫人眼光真好，少爷穿这个颜色再好看不过了。"

白穆眼望着莲玥双手在布匹上摩挲，双眼迷蒙，想必是和船上那批东昭军一样，被毒盲了双眼。

那婢女放下布匹付过银钱，命布行的人送到城西奕家，便赶紧扶住莲玥，道："夫人小心。"却被莲玥略有不耐地推开。

婢女似乎有些委屈，又跟了上去，道："夫人，奴婢让人打听过了，慕公子便在前方不远的客栈歇息，要不……"

"庆儿，你的废话越发地多了。"莲玥只冷冷一句话，那名唤庆儿的婢女便脸色煞白，再不说话。

白穆只在布行里正好撞着她们，知晓莲玥会武，见她们出去也不便跟着，只是心中的好奇再次被勾了起来。

莲玥到底是何人？为何曾经在商洛为宫女，如今却突然到了东昭成为奕家的侧夫人？又为何被二皇子晏临派去海上寻白子洲？

据她所知，倘若她身上的毒真是春殇，而她又是奉命来东昭，若一年领一次解药，绝不会毒深入体，到了慕白所说的"病入膏肓"的程度。

心中有了这些疑惑，她也无心再逛下去，直接回了客栈。不过是中午，慕白恐怕不会那么早回来，她环顾了一下空荡的房间，高声道："可有人在？"

无人回答。

她再道："若有人在，可否出来一见？有些事情想请教各位。"

话音刚落，便有一名影子般的黑衣人单膝跪在她身前，沉声道："少夫人有何吩咐？"

白穆直接道："我想查一查奕家莲夫人的身份，你们可有法子？"

那个人头都未抬，只答道："少主此前便吩咐属下们去查，今日一早刚刚得到消息，此女名阮及莲，乃是东昭阮家罪臣之女，十三年前出走东昭，更名为莲玥，入商洛皇宫。三年前立功而回，具体何'功'不得而知，只知归国之后求婚奕家大公子奕秦，东昭皇帝当场应允，此后旁人称其莲夫人。后东昭皇帝病重，二皇子上奏邀少主前来诊治，三皇子便力荐莲夫人出行。"

那个人言简意赅地将白穆心中的疑惑尽数解答，白穆只问道："消息可靠否？确定属实？"

"即便有误，也是九成真，一成假。"

白穆默默颔首，那个人见白穆再无问题，悄然无声地退去。

接连一个月，慕白与白伶仍旧每日进出皇宫。冬日已至，天气越来越冷，白穆便没再出门，她房内每日都无声无息地多出一些她喜欢读的个人传记、历代野史，她只隐约觉得应该是慕白送来的，却没有仔细问。

那夜之后，白穆与慕白一如往常，两个人之间并没有太大的改变。慕白本就不是多话之人，只是不会刻意拿背对她，两个人之间也少了许多沉默的尴尬，偶尔白穆与他对上眼，他便眼神一软，渗出笑意来。这样的时候多了，反倒让白穆略有些不好意思。

白伶一见自家少主终于不再绷着脸，和白穆说话也不会莫名其妙地简短，打心底里高兴着。

这日一早，冬雪初降。近来他们不用再每日赶早进宫，三个人一道用着早茶，白

第九章 真假公主

伶一边哼着小曲布菜，一边乐呵呵道："今日去看最后一次诊，明日若顺利，一早我们便可回白子洲咯。"

屋子里暖炉烧得旺，白穆两颊殷红，嘴角亦带着笑意，道："他到底生了什么病？竟用了一个月才看好。"

白穆并未抬眼，这话也不知是问的慕白还是白伶。白伶连连给慕白使眼色，示意他快些回答，慕白只当没看到，闲适举筷，幽幽道："倒也不是什么大病。"

白穆不解地望着他，他微微一笑，移筷将冬笋放入她碗里，方道："东昭龙脉向来昌盛。即便是早早立了太子，登大座的人，不到最后便不可知。东昭皇帝历来都有个癖好，制造各种问题考验皇子们，最后谁得他青睐，便是谁有天子之命了。"

白穆还是头次听说这种"癖好"，好似还是代代相传的癖好……

"那意思是……他故意生病的？"

用病重来考验自己的儿子们？

慕白不置可否："也不全然。起初是故意，后来有人上当，趁机给他投毒。"

"那他发现了？"

"投的是慢性毒，幸好发现得早。"慕白答道。

白穆又问道："投毒人又是那个三皇子？"

慕白垂了垂眼睑，低笑着颔首，片刻，又道："只是东昭皇帝还未到老糊涂的年纪。"

这样一说，白穆心中便有些明了。

当初去白子洲接他们的船，被"三皇子"下面的徐将军劫持，甚至打算取慕白性命，后来宫中事变，又是"三皇子"举兵，这毒查出来，又是三皇子所为，如果一切属实，那位三皇子，即便是正宫皇后所出，性子张扬，可会没脑到这个程度？

太子已废，二皇子出身比不上他，四皇子才十二岁，五皇子更不满十岁，将来最有望继位的当然是他这个嫡出，不管皇帝此病是真是假，他只需老老实实按兵不动，便是胜出。

那位三皇子，恐怕是被人陷害了。而陷害他的人，照慕白的口气，东昭皇帝应该清楚得很。

"我们的人他们放了吗？"那些个皇子谁陷害谁，她并不在意，现在白穆在乎的，只有这个而已。

这次是白伶抢答："当然！少主来的第一日就放了！天下皆知，我们少主向来一诺千金！少主说了会治好皇帝再回去，那便是天塌下来也会拖着东昭皇帝一起走！"

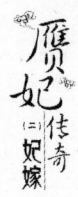

白穆见他绘声绘色的夸张模样，不由得笑起来。

慕白的"一诺千金"她也是见识过的，当初他承诺裴瑜照顾芙蓉宫的芙蓉花，竟是将那些花从商洛皇宫挖了出来，一路由北向南由西向东带回白子洲，至今还好生看管着。

"好了，该走了。"慕白施施然起身，瞥了一眼白伶。

白伶吐了吐舌头，笑嘻嘻地跟着慕白出去。

白穆笑着摇了摇头，不由得推开窗向下望去。窗外鹅毛大雪，主仆二人正好走出客栈，站在马车前，白伶拿着慕白的黑色大氅替他披上，尽管动作极快，仍有露出的黑色发丝染着点点斑白。慕白吩咐了一声什么，白伶便自行先上了马车。他折过马车后面，从中拿出一摞书，给了站在一旁的店小二。

白穆不由得看了看自己房里每日一换的书，再回眼，慕白正好抬头。

大雪纷飞，木窗细小的缝隙里，似乎只剩下那一个人的剪影，黑色的大氅，墨色的发，渐渐点上斑驳。他抬眼正好望到她，眸子里映入晶莹的雪白，随即暖意晕染开来，纷飞的雪似乎就在那回首一瞥里化作盈盈浅水，氤氲了成片扑窗而入的寒意。

白穆还是和往常一样，在房内看书打发时间，想着这或许是在东昭的最后一日，心中不免轻快许多。

离开白子洲一个月之久，竟十分想念那里的阳光、海浪、族人们的微笑，还有白浮屠震耳欲聋的大吼。

正午时分，白穆正欲下楼吃饭，却听一阵铿锵整齐的脚步声，直直停在了客栈楼下。她还未开窗看上一眼，房门"嘎吱"一声被人推开，随之是男子低沉有力的声音："白姑娘，长宁公主有请！"

白穆一怔，看来人的服饰阵仗，恐怕是东昭禁卫军了，和商洛御林军一样的存在。

"白姑娘，长宁公主有请！"那个人见白穆没有反应，底气十足地重复了一遍。

白穆微微蹙眉。她虽不是东昭人，这里毕竟是东昭的地界，禁卫军来势汹汹，慕白和白伶还在宫中，她若与他们起了争执，也讨不到什么好处。而且身边有暗卫，也不至于担心禁卫军做出什么事来。

白穆一声不响地随他们下楼，发现楼下竟左右列了有三四十禁卫军之多。

半个时辰之后，白穆不得不承认，她真是和东昭皇宫有缘。躲来避去，最终还是被禁卫军带了进去。

第九章
真假公主

她无心观察东昭皇宫与商洛皇宫的区别，只踏入这个地方便觉得心下压抑、呼吸不畅，起先是跟着禁卫军，后来是跟着宫娥，一路走到一处宫殿前，抬头看了看，延庆宫。

宫内奢华，可见外界传闻这位长宁公主得宠并不假。宫人们各个言行谨慎，恭敬地行过礼后带她入内殿。

白穆在脑中思忖着她所知道的长宁公主。从前的听闻，无非各种夸赞其美貌以及传扬她如何得宠，后来又在晏彦嘴里听说她对慕白有意。那她召自己过来，是为了慕白？

白穆非东昭人，对长宁公主只行了普通的见面礼。

晏长宁也确如外界传闻那般美貌，一双丹凤眼微微上挑，面似芙蓉眼含春，额间一点朱砂尤显美艳，见到白穆也只是懒懒地瞥过一眼，道："你便是慕白身边的婢女？"

白穆一直都是扮作白伶的模样，眨了眨大眼，道："是的。"

"他说他有婚约在身，你可曾见过他那位未婚妻子？"晏长宁眯眼看着她。

白穆料到她会问这个，道："少主的私事，我们不可旁议。"

"进了我延庆宫，不说出本宫想听到的话，你认为你能直着走出去？"晏长宁声色一冷，低喝道。

白穆只好道："见过。"

"相貌如何？"

"自然不及公主美艳。"

晏长宁一声嗤笑："倒还挺会说话的。"

白穆弯眉一笑："白芷说的实话。"

晏长宁看来挺吃这一套，声色缓了缓，又问道："她此次为何不与慕白同来？"

白穆一时也想不出什么理由，便道："身子不太好，不适宜长时在外漂泊。"

白穆想着若在此时依着白芷的习惯唤"少夫人"，恐怕是要惹怒这位公主的。哪知晏长宁转而就问道："她姓甚名谁？"

这倒有些把白穆问住，实话实说，还是随意编造一个？

白穆略略沉吟，便道："这……我们不敢问，一直唤她姑娘。"

"那他们如何识得的？"

白穆为难道："公主，少主的私事，我当真知之不详。"

晏长宁脸色沉了沉，望着白穆的眼里满是倨傲："他待会儿就替父皇诊完了，你是等着他一起走，还是先行一步？"

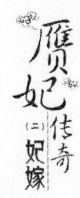

白穆只觉这位公主难缠，若是在这里等着，慕白过来不知又要惹出什么事，便道："我在宫外还有些事情要处理，得速速出宫才好。"

晏长宁睨着她，将她上上下下地打量了个遍，又道："你什么时候开始跟着他的？"

"六岁那年开始与哥哥一起服侍少主。"

"服侍？"晏长宁双眼微眯。

白穆忙道："我与哥哥早便各有婚约。"

这个白穆说的倒不是假话。因着不喜外人，族内关系又尤为融洽，白子洲上的许多婚事，都是孩子刚刚出生双方父母便定下，只是婚龄不似外面那么早。

晏长宁这才没有再多问，垂首把玩着手上的戒指。白穆正犹疑是否要主动告辞，晏长宁突然起身，丢下一句"本公主去找他，你在这里候着吧"便姗然离去。

白穆心中略有不安，总担心会给慕白惹什么麻烦，这样的不安，随着晏长宁的久去不归和愈渐暗沉的天色而愈加强烈，但延庆宫里里外外都是宫人，她略略一动，十几双眼便盯过来。

直至天色黑透，宫外只剩铺天盖地的大雪，仍旧不见晏长宁回来，白穆终于坐不住，起身径直往外走，冷声道："白芷还有要事要办，麻烦各位禀告公主，白芷先行一步！"

站在门口的宫娥看来瘦瘦小小，倒也没伸手拦住，只俯身道："白姑娘少安毋躁，没有延庆宫的腰牌，白姑娘出不去的。"

白穆心头一堵，侧目间身形一动，迅速擦过那宫娥身边，取下她的腰牌。虽说只学了些强身健体的招式，但动作比以前快许多，宫中人又普遍不会武，那宫娥看着白穆，竟一时怔住。

白穆也不管那么多，拿着腰牌便大步往外走。

这些人许是忌惮白子洲，无人出手相拦，白穆记得来时路，顺着原路返回。大雪扑簌落在肩头，出门时未来得及穿上足够的衣物，此时竟是刺骨的冷。

"嗡——"

白穆正琢磨着要如何过禁卫军那一关的时候，破空的钟鸣穿透夜空，静谧的皇宫霎时间一片骚乱。

这样的钟响，白穆在商洛皇宫不曾听过，也不知在东昭意味着什么，可是整个皇宫的灯瞬时陆续点亮，宫人们几乎是步履杂乱地往同一个方向奔去，随之有宫人们的传喝声由远及近地入耳。

"皇上——驾崩了！"

第九章
真假公主

白穆的心跳被这一声叫唤惊得瞬时乱了几分，还未反应过来到底是怎么回事，便被一队人拦住："姑娘可是白芷？"

为首那个人黑色劲衣，眸光犀利，看来是禁卫军或大或小的头目，打量白穆一眼便沉声问道。

白穆一身宫外的衣裳太过明显，只能点头称是。

"请姑娘随卑职去一趟大和宫。"那个人说着，便上前扣住白穆的手臂。

大和宫是东昭皇帝的寝宫，此刻宫外跪了大片大片的宫人，各个俯着身子低声哭泣，还有些大臣恭谨地跪在主道，白穆从他们身边走过，都未见抬头。

白穆被直接带入殿中，一入殿，便嗅到刺鼻的血腥味，抬头见殿中僵立着几个人：刚刚才见过的长宁公主直挺挺地立在明黄色的床帐前，面色苍白如雪，丹凤眼里春色不再，取而代之的是一片寂静的冷；慕白静然立在殿下右侧，淡蓝色衣衫上血迹斑斑，修长的手指微微蜷起，其上亦是染着血；穿着暗黄龙纹锦服的男子蹙眉凝视着二人，发上还有几点雪粒未化，想必是刚刚才赶过来；唯一跪着的，便是一名白发的太监，不停擦着眼泪。

白穆再看榻上，看不清榻上人的模样，只见一把匕首插在心口，明黄色的被褥上染满血迹。

"慕公子，你要见的人来了，你作何解释？"锦衣男子瞥了白穆一眼，率先开口。

慕白垂下眼睑，并未答话。

"父皇出事时只有你和长宁在场，即便我东昭敬你乃白子洲继任族长，但手染父皇鲜血，你竟连解释都不屑吗？"那男子再次开口，诘问道。

"长宁，你说，可是他刺杀父皇？"男子手指慕白，蹙眉冷视晏长宁。

晏长宁的眼圈蓦然一红，却只是咬着唇不语。男子见状，眉头皱得更紧："长宁，二哥知道你的心思，但，你可曾想过父皇对你的疼爱？此事不是你不说话，便能糊弄过去的！"

白穆这才听出来，这男子便是二皇子晏临。

照他所说，东昭皇帝出事时殿中只有慕白和晏长宁二人，若不是慕白，那便是晏长宁。身为万千宠爱于一身的公主，为何要这么做呢？

"你们若执意说是我，我也无可辩驳。"一直沉默的慕白突然徐徐开口，随即看向白穆。

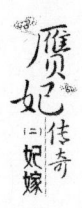

白穆眉头紧皱，不解地望着他，只见他眼神一软，便朝着她缓步走来。

"相信我，莫担心。"慕白无声地对白穆用唇语说，一手将白穆的发挂在耳后，随即将一枚手感温润的玉牌塞入她手心，微微一笑，眸子里映入春色，"我亦相信你，会好好照顾自己。"

说着，便猝然转身，道："烦请二殿下遣人送我去天牢。"

白穆只紧紧地握着那枚玉佩，她知道，上面刻有一个"白"字。她曾经从慕白身上偷下，慕白打趣说是与未婚妻子的定情信物，虽然不假，但这玉佩，更大的意义在于是白氏族长的信物。

她再回头的时候，慕白已经随着禁卫军在大雪纷飞的夜晚渐行渐远，一点点被黑暗吞噬。偌大的东昭皇宫似乎只剩下她一个人面对剩下那些全然陌生的人和诡谲莫测的局势。

但她竟不觉得忐忑。

寒风扑面而入，她亦不觉得冷。

只因他那一句"相信"。

她曾经一遍又一遍地求着那个人相信她，一遍又一遍地对那个人诉说着对他的相信，这是第一次，有人对她说"相信我"。

（八）真假公主

皇帝突然驾崩，东昭朝廷一片混乱，大抵分为两派：一派称长幼有序，大皇子禁闭幽州，理应由二皇子继承皇位；一派称立嫡不立长，三皇子乃正宫皇后所出，是理所当然的皇位继承人。

但此前宫中生出叛乱，被疑是三皇子率人所为，甚至有宫人做证，称皇帝的病实乃中毒，也是三皇子命人暗中所为。一夜之间，泾渭分明，二皇子胜三皇子，继位支持者众。随后国葬由二皇子全权主理，再七日，登基大典。

新皇登基，举国大赦，因此有弑君之罪的慕白，自然要在这七日内处理掉。

白穆一直被扣在宫中，避居偏殿，冷眼旁观宫内宫外的纷纷扰扰，每日好生吃饭、睡觉，殿内没有暖炉，她便多半时候窝在被子里以免生病，殿内也没有她平日爱看的闲书，她便多了许多时间理清脑子里的思绪。

这日日头刚刚落下，她便召来殿外的小宫娥："我想见长宁公主。"

小宫娥显然很为难。

"你去延庆宫说一声便可，或许她也愿意见我呢？"白穆随意道。

小宫娥行过一礼便退下。

晏长宁过来的时候，天已全黑。僻静的宫殿内只点了一盏小灯，光线暗淡，冬日天冷，殿内既无暖炉，处地又较阴凉，竟比外头还冷上几分。

晏长宁刚刚推门进去，便有一股寒气，夹杂着杀气，从背后袭来。几乎是下意识地，她身形速动，擒住后面的人，手上微微用力，匕首落地。

"你……"晏长宁反应过来的时候，正好见白穆凉凉地望着她。

"你是谁？"白穆挣开她的手，冷声道。

晏长宁眉眼一弯："还有些本事，竟被你发现了。"

白穆一声嗤笑："我倒是不曾想过，白子洲还会出你这样的叛徒。"

白子洲小小一个岛，连"国"都称不上，却处处受人敬畏，可怕之处便在于学艺精进的族人，擅毒，会医，武功高强，还擅仿擅易容，若有心，想要无声无息地取代一个人几乎不是难事。

这几日她一直在想，尽管有三十余名族人被捉，总归有人透露白子洲的所在，才

会让莲玥轻易找到，那个人是谁？慕白对外人向来漠然，连话都不肯多说半句，为何东昭皇帝遇刺这样的大事他竟毫不辩驳？晏长宁若真想打听慕白"未婚妻"的消息，白伶日日随他入宫，何以在一个月之后特地找她入宫来问那些问题？她相信慕白不是杀死东昭皇帝的凶手，那便只剩晏长宁，但她身为公主，完全没有动机！

倘若是被捉的三十余名族人里有人透露了白子洲的所在，慕白和白伶不会只字不曾提起。倘若晏长宁是白子洲的人，慕白为她掩护，还有几分可信度。而她召自己入宫，可能已经怀疑到她的身份，想找些破绽。

无论如何，刚刚那一番试探，证实了白穆的猜测，养在深宫的公主，怎么可能会武？

"没办法，谁让你抢去了本公主爱慕的少主，求爱不成，只有由爱生恨了。"晏长宁随意找了把太师椅坐下，"既然被你发现了，我也不怕承认。我和白芷一道跟了少主十年，你是不是她，我清楚得很。少主最在意族人的性命，我也清楚得很。"

"你是安乐？"白穆略有诧异。

从前慕白身边还有一名婢女，她曾听白芷无意间提及，却并未放在心上。毕竟成年之后出岛的成年人不计其数。

"真是安乐的荣幸，这么多年居然还有人记得我。"晏长宁又漫不经心地把玩着手上的戒指。

白穆默默踱步到桌边，一面倒着茶水，一面淡淡道："你父母在岛上等你多年。"

晏长宁显然一愣。

白穆继续道："你多了个妹妹，唤杏儿，今年四岁，生在杏花开放的季节，长得也如杏花般娇嫩。"

白穆说着，便微微笑了起来："自她会说话，每年生辰的愿望都是安乐姐姐今年可以回岛看看她。"

"闭嘴！"晏长宁突然推翻了手边的花瓶，低喝道，"若非你，我何至于有家不能归？何至于出卖家人出卖白子洲？何至于扮作晏长宁困在这皇宫三年之久？"

白穆微微蹙眉。

"若非你，少主何至于始终不肯接受我的爱意？何至于让我离岛说什么想清楚再回去？"晏长宁眸露寒光，对白穆的恨意尽显无遗。

白穆捧着茶杯暖手，缓缓道："你可曾想过白子洲一旦被人发现，接下来会是怎样的浩劫？慕白倘若就此丧命，你这辈子可还有颜面再回去面对父母族人？慕白始终为你留有余地，事到如今都不曾提及你的背叛，亦不愿抖出你刺杀东昭皇帝的事情，

第九章 真假公主

你为何一定将自己逼上绝路？"

"若非如此，少主怎会看我一眼……"

"安乐姑娘！"白穆高声打断晏长宁的话，静静地望着她，"你的生命里是否只有'情爱'二字？为了一个男子忽略你的家人、你的朋友、你的族人，钻在他为何不爱你、他如何才能爱你的死角里一步步走错下去。"

晏长宁显然没想到白穆会说出这样的话来，一时愣住，半晌都说不出一个字。

"我不知你是如何取代晏长宁的，不知你到底受何人指使冒充公主刺杀皇帝，也不知你为何会听任那人的安排，慕白不拆穿你，我亦不会。今日让你过来，只是为了证实心中猜测，并不在意你们到底有何计划。言尽于此，你可以走了。"

晏长宁缓缓起身，没有马上离开，而是望着白穆，像要将她看穿一般，缓声道："我原以为少主不看我一眼，只是因我身份低微，出岛之后一心想找个机会换个让少主不得不正视的身份。好不容易趁着长宁公主出游才有了下手的机会，为了不留后患甚至不惜对那么小的姑娘痛下杀手……"

她轻轻笑了笑："原来如何高贵的身份，都始终不及你。白氏血统唯一的继承人。"

白穆没有理会她的话，甚至在她离开后也不愿将心思花在这样一个叛徒身上。

她更担心的是慕白。

慕白虽没有直接将罪责推在晏长宁身上，但他定不会轻易送死，她清楚，设计这一切的晏长宁应该更清楚，那接下来，他们打算怎么做？

白穆始终觉得，东昭皇帝的死，不过是事情的开端而已。那位二皇子胜出得未免太过容易。这场皇位之争，恐怕远远还未结束。

然而，白穆万万没有想到的是，两日后，被推出来真正定罪的弑君者，竟是莲玥。

阮及莲，莲玥。

白穆始终想不明白，莲玥在商洛、在东昭，到底扮演的是什么角色，为何这件事情最后会扯到她头上去。

宫中传闻称她去商洛十年，实则被商洛皇帝收买，返回东昭做了卧底，趁着长宁公主与慕公子在殿外商议病情时刺杀了皇上。

这传闻漏洞百出，莲玥虽有武艺傍身，却已经眼盲，如何众目睽睽之下隐匿在大和宫？既为刺客，行刺成功，为何还留在奕家等着被捕定罪？长宁公主与慕白商议病情，寒冬腊月，为何要跑到殿外去商议？

商洛宫中三年，莲玥话虽少，待白穆却并非不上心，乍一听见这个消息，白穆除了不解，心下还是略有些难过。

她去天牢接慕白出狱那日，天色放晴，莹白色的雪光刺得人几乎睁不开眼。白穆就站在天牢门口，几乎与正要进去的莲玥迎面撞上。

擦肩而过的瞬间，她却突然握住了她的手。

"你是……"莲玥消瘦许多，声音略有沙哑。

白穆忙用白芷的声音唤道："莲夫人。"

莲玥微微一怔，却拉着白穆的手不曾放开。

"阮及莲，该进去了！"一旁的禁卫军冷喝道。

莲玥放开手，面上没有太大的表情变化，径直入了天牢。

白穆本打算与慕白当日便离开皇宫，但慕白称还未联系到白伶，只得等到明日一早再走。

"那日到底发生何事？"

慕白刚刚净身换衣，发上还有未干的湿气，垂眸道："那位皇帝，每次用过药便会昏睡半个时辰。她缠着我问了许久你的问题，我不欲搭理，便避出了外间，哪知再回去，她已经动手，我也救不过来。"

白穆只想着果然不是莲玥。

"白伶见事有异变，便默默退下，若他们再不放我出去，白伶便会召人劫狱。"慕白继续道。

白穆颔首，此前发现白伶不见了便已经有此猜想。

"为何……会是莲玥？"白穆低声道。

"他们不愿得罪白子洲，长宁公主的生母又出自三大世家之一的余家，要保住长宁公主，必得拉出一个替罪羊。与其问为何会是莲玥，不若问是何人推出莲玥，以其性命拉拢讨好余家了。"慕白徐徐道。

晏长宁是假，他们知道，那些个皇子们却未必知道。白穆没有再问，皇室纷争，若非必要，她不愿多想。

然而，傍晚时分，一名宫娥颤颤巍巍地找到了她，跪地道："白姑娘，莲……莲夫人想见您。"

白穆还未问话，那宫娥便继续道："莲夫人明日便要被处以极刑，白姑娘行行好，

第九章 真假公主

去见她最后一面吧。"

白穆只问道："她在狱中，你如何替她传话？"

宫娥答道："是……刚刚奕公子出宫前……如此吩咐。"

白穆微微蹙眉，正在犹疑是否要去，抬头见慕白立在殿门口，该是听到了她们的对话，微微点了点头，示意她若想去，也是无碍。

白穆琢磨着，莲玥突然要见她，莫不是刚刚被她认出来？毕竟她在自己身边服侍了整整两年。

这是白穆第二次踏足天牢。东昭的天牢与商洛颇为相似，除了布局、面积不同，都是一样昏暗的灯光，一样浑浊的空气，还有各式的叫喊呻吟。

应该是那名叫奕秦的男子、莲玥如今的夫君打点过，她入天牢并没人阻拦，还有一名狱卒亲自将她带到了莲玥的牢房前。

莲玥被单独关着，四下安静，左右无人，与之前那个满是叫喊呻吟的天牢仿佛是两片天地。狱卒离去的脚步刚刚消失，莲玥便唤道："娘娘？"

她迷蒙地睁着双眼，面色略有憔悴，坐在牢房里抱着双膝，望向白穆所在的地方。

白穆并没有马上回答。莲玥微微一笑："肉眼迷人心智，果真不错。娘娘曾经站在我面前，我没认出来，却是要眼盲了才察觉到熟悉的气息。"

莲玥向来心细，白穆当初的确担心过会被她发现。

"娘娘，看在奴婢尽心服侍您两年的分儿上，可愿在奴婢死前与奴婢多说几句话？"莲玥声调仍旧浅淡，与当年在商洛皇宫如出一辙。

白穆缓缓蹲下身子，忍不住问道："为什么？"

莲玥淡淡一笑："真的是娘娘。"

白穆沉默。

"娘娘既是跟着白子洲的人来，想必已经查过奴婢的身份了吧。"莲玥自嘲地笑道，"奴婢不叫莲玥，叫阮及莲，乃是二十年前东昭阮家罪臣之女，侥幸捡得一命，便去商洛做了细作。"

"他们说你立功而归？"

"三年前延河水患，东昭有使臣前去与商洛共同商讨治理延河一事，娘娘可还记得？那夜宫中大乱，我们便趁机闯了皇祠，盗得商洛国宝。"

"那你为何……"

"当年是二殿下救了我。"莲玥并未听白穆的问话，自顾自地冷静道，"他将我养大，

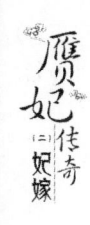

送我去商洛，称只要有将功赎罪的机会，就会接我回来，娶我。"

白穆心头微微一颤，看来冷心冷情的莲玥，心思细腻，有智有谋，她以为她无论去商洛，或是回东昭，都是步步为营。

"我在商洛十年，从不引人侧目。只是看到娘娘时忍不住多说几句话，仿佛在娘娘身上看到了自己的影子。"

两厢沉默，许久，莲玥才继续道："我回来之后，二殿下处处被三殿下压制，需得拉拢奕家，我便嫁给了奕秦。"

"他现在还需要拉拢余家，所以你便替晏长宁顶罪？"白穆冷笑。

"是。"莲玥的声音没有半点儿起伏，"他虽暂时赢了三皇子，却根基不稳。我本就身中春殇，一直以来虽然在尝试解毒，压制毒性，我自己却清楚得很，苟延残喘罢了。"

"我曾经以为，你是为了活下去不择手段罢了。"白穆道。

"不错，曾经是。只有活着，才能等到他来接我。"莲玥道。

白穆望着她憔悴的脸庞，空洞的眼神，执拗的表情，突然间无言以对。

"既然这是你自己的选择，我无权干涉。"半晌，白穆才再次开口，"很抱歉让你眼盲，但是为了我想保护的东西，也只能抱歉了。"

原来人一旦有了想要保护的，就会变得尖锐，变得不再那么纯粹。

从前她生活的环境太过简单，阿爹阿娘将她保护得太过彻底，她的眼中只有黑或白，非黑即白，非错即对，执着而执拗地坚持自己想要坚持的东西。

如今才渐渐发现，世间事大抵都徘徊在一段灰色地段里，是黑是白，便要看你站在什么立场来看待了。

"奴婢是回不了头了。"许是察觉到白穆欲走，莲玥面上的表情突然有了几分波动，眼底似乎都含了泪光，"奴婢坚持了十几年，倘若此时回头，奴婢的一生都将是个笑话。娘娘，你明白吗？"

无论对人对事，付出太多，便无法轻易放手，到最后，连自己都分不清那放不开的手，是因为不愿辜负自己曾经的付出，还是因为真的用情太深。

白穆从未见过莲玥哭，如今却看到晶莹的泪水一串串地从她空茫的眼中安静地溢出，突然间不忍看下去。

"娘娘，奴婢今日想见你，其实还有一件事对你说。"莲玥的声音仍旧冷静，"三年前奴婢从商洛回到东昭，几番打听才知道后来你和阿碧的事情。"

白穆侧目望着她。

"当年奴婢不明宫中局势，为求自保，瞒了一件事。"莲玥静静道，"洛采桑曾经差人来朱雀宫打听，仪和宫大火、柳轼失势那晚，朱雀宫可曾有人送一幅画卷到勤政殿？"

"奴婢不知洛采桑为何会有此一问，只是实话实说，称娘娘从不作画，朱雀宫中亦无人擅画。奴婢当时正为太后办事，并未送过。"

白穆眸光微沉，她的确不喜作画，闲来看书写字较多，也从未画过什么画送到勤政殿。至于洛采桑为何会去朱雀宫打听，她一时也想不明白。

"此后不久，便生出华贵妃的宫女阿彩一案。奴婢也是后来才知道，那阿彩竟是娘娘的生母……"莲玥的双眸暗沉无光，看着白穆所在的方向，沉静道，"想来这两件事或许有什么关联。今日奴婢察觉到你或许便是娘娘，才求奕秦让你过来见我一面，讲明此事。"

第十章 真假妃嫁

第十章
真假妃嫁

（一）遇袭

白伶该是得了慕白已被放出的消息,当夜便出现在宫中,不过只是简单说了几句已经打点好准备离开东昭的话便匆忙离去。

白穆也是才知道因着东昭离白子洲最近,威胁最大,东昭皇宫中有白子洲大大小小的眼线,白伶年纪虽小,一身武功不可小觑,因此进出皇宫算不上难如登天。

第二日一早,二皇子晏临亲自来送行,几番挽留,让慕白在三日后的登基大典之后再离去,被慕白淡然婉拒。

新皇一日未登基,变数便无可捉摸。

白穆随着慕白出宫,回到泊城时已经是正午时分。她远远瞧见白伶在船上朝他们招手,突然想到还在宫中的那个人,问道:"晏长宁……如何了?"

慕白正掀开车窗,闻言手上微微一顿,回首温声道:"她不愿回白子洲,我便让她服了忘忧。"

忘忧作何用处,白穆自然知道。既然她还是想不通,慕白又不会取族人性命,给她服下忘忧忘记前尘便再好不过了。

慕白说着,已经下了马车,伸出一只手,要扶白穆下车。

阳光正好,透过那修长的五指,通体如玉。

白穆正弓身掀帘,见到眼前那只手,略略一怔,抬眼便见到慕白正望着她,眉眼微弯,眼底融融的笑意纯净得如同初降的冬雪。

"我们回家了。"他笑着道。

回家。

这真是个温暖的词,是件温暖的事。

白穆想起一月前他特地带她出城说的那番话,那时她并没有回答,只是问了他一句:"穆家含冤被灭九族,你可曾想过报仇?"

他沉默,没有回答。

如今这朗朗乾坤下,他朝她伸手,说"回家"。

是不是只要她伸出手,她便可抛却过往,他亦可忘却家恨,一起"回家"?

时光仿佛定格在这一瞬。

阳光明媚，雪光迤逦，她弓身掀帘，眸中映着漫天的雪白，怔怔地望着眼前人，他朝她伸手，五指修长，笑容和煦。

却也只是这一瞬而已。

下一瞬，慕白的笑容便凝固在眼底，倏然拉住白穆掀帘的那只手，白穆险些站不稳，却见他已经凝神替她拿脉。

白穆一眼看去，见自己的手腕上不知何时多出一圈殷红的指印，而慕白的脸色也渐渐苍白。

"怎么了？"白穆暗觉不妙。

慕白反握住她的手，跨步上车，对车夫沉声道："回都城。"

接着扶白穆在马车内坐下，问道："这几日谁碰过你的手？"

白穆微微一怔，细细想来，并没什么人近过她的身，只除了……莲玥。

"昨日去天牢等你出来时，门口碰到莲玥，她许是认出我来，突然拉住我的手……"白穆细细回想，当时她拉的的确正是自己的右手，但今早出宫时她手上还没有这样的红印。

"她给你下毒了。"慕白沉声道。

"什么毒？"

"一夜红曲。"

白穆微微一惊，这毒她曾在书上见过，七七四十九种不同的毒物，合炼七七四十九日才得，中毒后一夜见红，一夜取人性命，因着制毒过程复杂，若非解毒高手，且知道那四十九种毒物具体是什么，一日间根本不可能配出解药。

难怪昨日那么巧，正好慕白出狱她便进去，还特地拉她的手……恐怕不是察觉到她熟悉的气息，而是握住她的手下过毒之后才认出她的吧？

"少主！你们去哪里？"

马车疾行，耳后是马蹄声和白伶着急的叫唤声。

"进宫！"慕白一面答着，一面拿出一些药丸给白穆服下，想想许是觉得不妥，点了白穆手臂上的几个穴，由上至下运功，白穆便见着自己腕间的印子越发殷红。

尽管快马加鞭，再赶回都城，也用了一个半时辰，冬日日落早，天空已经映射出一片绯红色。白穆心中忐忑，慕白亦是若有所思，二人一路无言。

"少主！城内好像有事，城门紧闭，只准人不准出。"白伶在外急道，"是否还要入城？"

"进去。"慕白不加犹疑道。

早上出来时东昭都城正是早市，一派繁盛，现在却是家家关门闭户，莫名地透着一股剑拔弩张的味道。白穆隔几米便见到一队禁卫军，不知在搜查什么。没多久，他们的马车也被拦下来。

"长宁公主失踪，过往马车行人需得严加查看，还请……"

车外人话还未完，慕白已经掀开车帘。

那个人抬头一见，忙拱手道："原是慕公子！卑职失礼！二殿下在宫中久候公子，公子请！"

那个人说着，身后的一队人马已经让开道路，慕白没有多语，放下车帘便坐回车内，握住白穆的手道："莫怕，晏临想要我助他才给你下毒，入宫便好。"

白穆颔首。

应该是慕白刚刚给她吃过那些药又运过功的原因，她体内的毒现在还未发作。照常理，一夜红曲在显红后半个时辰便会开始毒发，全身被毒素侵蚀，由内而外地腐朽，痛甚凌迟。

马车在皇宫门口被拦了下来，早有人在宫门口候着，慕白不由分说，抱着白穆下了马车，只轻声道："若有不适便与我说。"

宫内气氛比之宫外更加紧张，宫人往来步履匆忙而谨慎，偌大的皇宫静谧无声。白穆第一次这样窝在慕白怀里，他身上有淡淡的书卷气，尤其好闻，暖意透过胸膛传遍全身，舒缓着她的紧张。

然而，体内一阵阵的疼痛还是隐隐翻腾起来，起初如针扎，后来如刀割，白穆紧紧握着双拳，不让自己呻吟出声，但额头泛起的冷汗和渐渐僵直的身体还是让慕白察觉到了。

他微微皱眉，替白穆擦去汗渍，再抬首，面上已泛出森冷的寒意。

白穆的眼前开始有些模糊，瞧不清他们在哪个宫殿门口停下，只知自己一直被慕白抱着，随之耳边传来那位二皇子带着笑意的声音："慕公子果真有情有义，惜族人性命甚比己命。"

慕白没有答话。

白穆已经抑制不住地开始浑身发抖，慕白搂着她坐下："解药。"

晏临笑得志在必得："只要慕公子允诺助我登上大宝，解药自然双手奉上。"

慕白声色不变，细细地继续替白穆擦汗，徐徐道："二殿下应该清楚，白子洲有

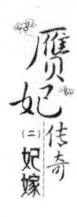

成千上万种法子让人求生不得求死不能。"

慕白音落，白伶已然出剑，直袭晏临。

晏临神色一变，大退两步，立刻有守卫上前与白伶厮斗。但白伶身姿娇健，招式诡谲莫测，那几个人联手都显然不是他的对手，马上有禁卫军冲入殿中，晏临厉声喝道："慕白！你竟敢在我东昭皇宫内动手？"

慕白不曾看他一眼，再往白穆嘴里塞了几颗药，一面在她背后运功，一面拭去她不断涌出的冷汗，声色仍旧淡然，道："二殿下也应该明白，慕白最恶受人要挟。"

白伶的身手显然出乎晏临意料，不过百招下来，已经重伤他身边五名侍卫，就要杀到他身边，忙大喊道："解药在我寝宫中！"

白伶动作微顿，回头看慕白指示。

"望二殿下所说属实。"慕白朝白伶点了点头，白伶收剑，回到他身侧。

慕白抱起白穆出门，白伶紧随其后，晏临刚刚松口气，却见白伶突然转身，以迅雷不及掩耳之势向他袭来，眨眼间已被扣住要害，长剑就在喉间。

"你们……"晏临咬牙。

"还请二殿下亲自随我们走一趟！"白伶沉声道。

一众禁卫军见晏临被劫，全都举剑围过来，却不敢上前。

晏临只听闻过白子洲的厉害，却不曾亲自领教过，盘算着在他东昭地盘，还是在高手如云的皇宫，只要算准慕白的弱点，给他身边的婢女下毒，他还能不听他差使？哪想得到只是慕白身边的一个随从武功便高到令人叹为观止。

武功高便罢了，心思也不容小觑。

一众人等随着慕白的步子移动身形，各个都盯着白伶手里的长剑。

"二殿下！四殿下手持血书，称是阮及莲手书，自述乃奉二殿下之命刺杀皇上！此时正带兵攻打东直门！"不远处有人急报，许是未看清晏临被人挟持。

晏临大惊失色。

烈焰乍然点亮夜空，马蹄声、呐喊声破宫而入，禁卫军一片慌乱，却不知该去迎敌还是先救下晏临。

在慕白怀里的白穆突然"哇"的一声，呕出一口血来。

"少主，你们先出宫，我带人去找解药！"白伶忙道。

皇宫大乱下，若不及早撤走，带着白穆恐怕更难抽身。

慕白微微颔首，便已翻身离去。白伶手上的剑未放开，两指放在嘴边，哨声破空长鸣，

第十章 真假妃嫁

沉沉夜幕下，立刻有不同的人影从四面蹿出，往声源处会合。

白穆虽是疼痛蚀骨，意识却还算清明，眼见着慕白带她离宫，所经之处战祸连绵，厮斗不断。

"报！急报！商洛军攻破郡城，一夜连取五城！"

"报！急报！商洛军攻破郡城，一夜连取五城！"

"报！急报！商洛军攻破郡城，一夜连取五城！"

不知哪里来的急报声声入耳，却无人应答，很快融入战乱声中，再无声响。

阵阵疼痛再次袭来，白穆无暇多想，只被慕白护在大氅下，眼看着刺眼的火光和混乱的兵刃交接越来越远，周围的杀气却越发凛冽。意识迷离中，她感觉到他们出了宫，甚至到了荒无人烟的郊外，杀气却仍旧不减，甚至屡次急急逼来。

她逼迫自己再睁眼，回首望去，二人身后竟不知何时跟了大批黑衣人，有持刀者、执剑者，还有拿弓者，对准二人便开始放箭。

慕白护着白穆的同时要躲开箭矢，速度放缓，便有一批人包抄而上。黑衣人显然功力不弱，且配合极好，看准了慕白的弱点便是怀里的白穆，招招对着白穆来，慕白只余一只手对抗他们数十人，很快落了下风，带着白穆只守不攻。

白穆鼻尖的血腥味越来越浓，想是慕白受了伤，心下着急，毒发的疼痛却让她连呻吟的力气都没有。

也不知过了多久，周遭的空气越来越冷，兵刃之声仍旧不时传来，那批人穷追不舍。许是天上开始飘雪，白穆眼前一片花白，刺骨的冷竟暂时麻痹了体内的疼痛，剧烈的颠簸也骤然停下，凛冽的杀气却丝毫未减。

形势急转直下。

谁都没料到，这种时候居然还有人有精力来追杀白子洲的人。

白穆发现他们已经上了一处山头，四面尽是莹白的雪，天际雪花鹅毛般落下，慕白身上的血浸透衣裳，紧绷地沾在她脸上。二三十名黑衣人执剑将他们包围，各个眼神阴鸷，仿佛盯着食物的秃鹰，下一刻便会汹涌袭来，将他们分食。

是谁？

到底是谁？

若是哪位皇子要刺杀东昭皇帝，为何要找安乐扮作晏长宁三年之久才动手？她到底是受谁指使？晏彦刚满十二岁，空有皇子之名，无权无势，却知悉上次宫乱欲带她入宫，带她入宫做什么？今日带兵攻打皇城，哪里来的兵力？皇宫大乱，皇子们正热

火朝天地争着坐那把龙椅,谁有心思有人力这个时候来追杀他们?

"报!急报!商洛军攻破郡城,一夜连取五城!"

离宫前的那声急报突然响在耳边,同时映入眼帘的,是那日初到东昭时,船上遥遥一望的那个人。

是他。

一定是他。

引起东昭内乱,明面扶持最为寡势的晏彦,实则趁乱发兵,拉拢白子洲不成,便诛之而后快!

三年已过,皇权已稳,商洛朝廷必定已在他股掌之间。如今的他,有这样的能力,亦有这样的手腕引得东昭大乱!

几乎是在想到这点的同时,白穆蓄力一声呵斥:"本宫在此!谁敢胡来?"

用的是柳湄的声音。

那些黑衣人大惊失色,略一分神,慕白便趁机纵身一跃,抱着白穆滚下山头。

（二）断臂

白穆再次恢复意识的时候，是被疼醒的。

全身上下每根神经、每个毛孔都在叫嚣着疼痛，全身的血液似乎在争先恐后地冲破血管，喉咙里不受控制地发出呜咽之声，痛得想要翻滚，想要号啕大哭，想要有人一刀了结了她的性命。她不知道自己在哪里，只隐约觉得被人背着，摇摇晃晃地一上一下，她想推开他，他却一言不发地，只紧紧扣住她，她越推，鼻尖的血腥味就越浓。

这样的血腥味突然让她清醒了些，想到冲天的呐喊和溢满杀气的黑色人影，鹅毛般的雪花，快如闪电的招式，沾在脸颊上的血，一夜红曲。

她将呜咽吞入腹中，勉力睁眼，暗无天日的夜，漫山的雪白，劲疾的狂风，铺天盖地的暴雪，她看到自己的双臂上覆满了白雪，自己靠着的肩臂也是一样，殷红的血色从中透出。他们一直在前进，她却没有力气去分析是朝哪个方向，这样的大雪，这样寒冷的天，她的身上除了毒发的疼痛，竟察觉不到丝毫冷意。

"慕……白……"她已经辨不出这是自己的声音，嘶哑破碎得如同锯木之声。

背着她的人没有回答。

"放下……我。"她竭力咬着自己的唇，不让自己发出疼痛的呜咽声，口舌间马上有温热的血气入腹。

她虽然中毒，意识却是清醒的。慕白没有带着她回都城，恐怕是身后仍有追兵。一夜红曲，当初慕白急急赶回东昭皇宫便是因为这毒太过阴毒，毒发后三个时辰拿不到解药，她这条命必去无疑。

且不说白伶是否顺利拿到解药，看这情形，天亮之前走出这座山与白伶会合，几乎是不可能的了。

慕白仍旧没有说话，继续背着她前行，只是一股暖流顺着她的手臂蔓延全身，舒缓了少许疼痛。

"慕白，我以族长的身份命令你，放下我！"白穆恢复了几分力气，在慕白背上挣扎。

慕白再次扣紧了她，半响，才徐徐道："阿穆，相信我。"

白穆眼窝一热，哽声道："你受了很重的伤对不对？"

听得出他的声音在竭力压制，但音尾仍旧有未能控制住的颤抖。慕白的身手虽不

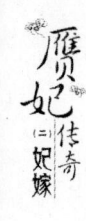

是常人所能及,但他要护着一个她,还不停给她输送内力抑制毒素的蔓延,刚刚那批黑衣人各个武功高强,招招都是向着她,她身上却是毫发无损,不知他替她挡了多少刀剑,现在还仍旧要为她耗费内力……

慕白没有回答。

白穆没有再问。

这个时候多动一分,多说一句话,消耗的都是彼此的生命。

白穆伏在那厚实的肩膀上,大半张脸都被大氅盖住,鼻尖呼出的热气氤氲了眼前黯淡的雪光,她抬眼便能见到他黑色的发,一层又一层地覆上了厚重的雪,偶尔散下一片,浸得她面上一片冰凉。

这条路似乎长远得没有尽头,这个夜似乎永远迎不来朝阳初升,白穆觉得身子越来越沉,意识也越来越沉,似乎要沉入深渊里。

她不再喊着让慕白将她放下,也不再想自己是否还有命见到明日的太阳,只随着意识的迷蒙,钻心的疼痛不再主导她全部思绪,有些念头在脑中愈渐清晰,有些话也就脱口而出。

"慕白,你不用再为我费力,我想我今日即便是死在这里,也是无憾的……"不知是不是回光返照,她说起话来突然不再吃力,轻细的声音在慕白耳边絮絮道,"从前我在白家村长大,整个村子不过百来人,爹疼娘爱,邻里和谐,虽然日子过得清俭,却自小没吃过什么苦头,没受过什么委屈,直到遇见商少君。"

"曾经我的脑中只有情爱二字,眼里只有商少君一个人,那一年柳湄出现,我落魄而逃,逃在路上却不知自己该去往何方。"白穆说着,轻轻一笑。

那时候的她,执着而又小心翼翼地相信着,维护得来不易的幸福,柳湄的突然出现几乎让她措手不及,惊慌之下第一个念头就是逃跑,生怕亲眼看到自己的幸福破碎,而当车夫问她要去哪里的时候,她心下竟是一片茫然。

她的前半生无忧无虑,无须费心将来,后来她心系商少君,一心等着他看她一眼,在商洛皇宫,与其说她无法离开,不如说她其实从未想过离开。

她不知哪里来的笃定,笃定商少君总有一天会"记起"一切,会像连理树下的誓言一样,与她生死不离,她所设想的人生里,从来没有缺少过那个人。所以离开他之后,她能去哪里,她要做什么,她一无所知。

她似乎一直在为她的爱情活着,为她设想里的生活活着,活得没有自我而全然不觉。

"可是这几年在白子洲……"白穆轻轻吐出一口气,"我有了想要保护的族人,明白了我身上所承担的责任,看到了更加广阔的世界。从前我看到太后与洛秋容的下场,只觉这世上怎会有男子绝情至此,替她们惋惜,替她们不值。如今我再看安乐与莲玥,却惊觉都是她们自己的选择、自己的坚持,怨不得任何一个人。"

从来没有哪条规定说,你为旁人付出多少,旁人必须给予你相等的回应。

"漫漫人生,值得我们珍惜的还有很多,并不止情爱二字。"白穆笑了笑,"从前那些事,我再也不怨了。今后白子洲的一切,我在乎的人事,我相信你会打点得很好。所以慕白,即便死在这里,我也没有什么遗憾了。"

说过这番话,白穆蓦然觉得心中卸下了一块大石般,莫名地轻松,意识也愈渐清明起来,发现自己不知何时已经不在慕白肩头,而是坐在地上,大氅仍旧盖住她大半视线,她略略一动,身子似乎没有先前那样疼,大氅滑下,她便看到他们正处在一处山洞,天依旧未亮,洞外仍旧大雪纷飞。

洞内难得地干燥,因着位置和风向,并没有雪花飘入,她隔着厚重的大氅靠在石壁上,也不觉着冷,微微侧眼,见慕白就在她身侧,心下安稳,再看一眼,却是蓦然一顿。

慕白同样靠在石壁上,闭着眼,面色和煦,却惨白到几近透明,身上大小伤口无数,有些仍在渗血,有些鲜血已经凝固,他一手紧握着她的手心,另一手搁摆在她肩背上,了无生气。

白穆的身子开始颤抖,突然明白为何毒发的疼痛渐渐舒缓,为何身上一直没有寒意,为何有了那么多说话的力气,她掰开慕白握着她的手,果然见到两个人手心都有十字伤口。

一夜红曲寄血而生,除非服下解药,内力高深也不可能逼出体内,更何况她全无内力可言……

慕白将二人的手心划开,用内力驱使,将毒素都引入自己体内,所以她才清醒过来。

"慕白,慕白……"白穆不停摇晃他,心中突然空落落的,仿佛有寒风直直灌入。

好在慕白的长睫动了动,重新将白穆的手纳入手心:"莫怕。"

白穆压住哽咽,冷静道:"嗯,我不怕。我相信你,你告诉我应该怎么做。"

慕白的嘴角竟在此时扬了扬。

"我右腰侧还有一些药,喂我服下。"

白穆依他所说。

"左腰处有几枚信号弹,你拿着。"

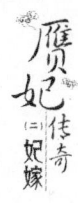

白穆取下。

"那批人许是还在找我们,待雪停后你再出山燃放,马上会有人来接你。"慕白垂着眼,声色淡淡,"若我那时还有命在,便带他们来找我;若不在,不用带我回去,他们看了会难过。"

他说的"他们",指的是白子洲上的族人们。

"我常年试药试毒,普通的毒对我的身子无用。一夜红曲到了我身上,也没那么厉害。"

尽管慕白这样说,脸上却已经显出黑气,一寸寸地向下蔓延,白穆望着那愈发浓重的黑气,眼圈也越来越红。

"我右腿侧有一把匕首,你拿出来。"

白穆照做。

"阿穆,你说是缺条胳膊方便,还是少条腿更为方便?"慕白突然笑了笑。

白穆的手一抖,匕首便落在地上"叮当"一响。

"莫怕。"慕白握住她的手,一个倾身,整个人倒在她肩头,将她搂住,"阿穆,我先与你说说话。"

白穆整个身子都在发抖,哽咽道:"你说过……不离不弃。"

"放心,我不会有事。"慕白轻轻抚弄她的头发,"你上次问我是否想过报仇可对?"

白穆轻轻颔首。

"你可曾听白伶笑过我,说我幼时常被母亲扔入海里?"慕白的声音里含着笑意。

白穆颔首。

"那时候我刚刚懂事,母亲便告知了那些年她查出的……我的身世。得知全家已然不在后,我便终日想着出岛报仇。说一次报仇,母亲就将我扔到海里一次,叉着腰在岸上大骂:'老娘把你养这么大是为了让你去给死人送命的吗?没想清楚就给老娘淹死得了,别浪费老娘的粮食!'"慕白低笑。

白穆都可以想象出白浮屠叉腰大骂的场景,却无论如何都笑不出来。

"十二岁那年我首次出岛,其实心中对报仇之事仍旧念念不忘。那时候胆大心粗,刚刚开始调查便被当时的商洛皇帝看出端倪,害死了十几名族人。"慕白娓娓道来,"回岛之后我跪在母亲面前请罪,母亲一语不发,带着我去损了家丁的族人家中请罪,人人都悲痛大哭,对着我却只有一句话,少主自己保重才好。从那以后我不再执着于报仇,珍惜白子洲的每一条性命,更珍惜自己的性命。"

第十章 真假妃嫁

白穆双眼酸涩，她知道，白子洲就是这样一个温暖的存在。

"你不要愧疚，白氏的血统不可断。"慕白双手抱着白穆，几乎全身的重量都压在她身上，"稍后我将毒素逼在手臂上，你见势……砍下。"

白穆的身子又是一抖。

慕白将她搂得更紧："这是保住性命的唯一办法，动作要快，我剩的力气不多。"

他捡起地上的匕首，塞到白穆手中，重新靠回石壁，徐徐闭眼："你身上若有止血的药，替我服下。若没有，便罢了。不可给我用补药。"

白穆紧紧地握住匕首。

"莫哭。"

"不哭。"白穆擦掉眼泪。

"莫怕。"

"不怕。"白穆稳住颤抖的手。

"嗯。"慕白长出一口气，"还有件事应该告诉你。"

白穆逼迫自己冷静，神经几乎已经绷成一根弦，闻言乍然一松，手又开始发抖。

"碧朱没有死。她服了忘忧，如今已在南临嫁人，去年产下一子。"慕白温声道，"当初瞒着你，是我私心不想见到你找回她抱着她继续沉湎在往事里，我想看着你自己站起来。你做到了，做得很好。日后你若想她，便让白伶带你去远远看上几眼。"

白穆咬着唇，强忍着不让眼泪流下来，点头。

"你的身世被商少君藏得很深，当初我费劲去查，却一无所获。后来'宫女阿彩'出现，本是有人暗中保护，却被商少君中途阻挠，他动作太快，没能救下他们，一直欠你一句对不起。"

慕白面上的黑气开始退下，渐渐在指尖汇聚，少顷，整个手臂都变成焦炭般的浓黑。

"阿穆，我明知此次出岛危机重重却仍旧带着你，其实……是舍不得与你分开。其实我最后悔的……是迟钝到三年才明白自己的心思。"慕白再次微微一笑，随即声色一凛，"动手。"

多年后，白穆回想起这个冬夜，除了一夜红曲蚀骨的疼，漫天大雪纷飞的白，血如泉涌刺眼的红，还有她的号啕大哭。她抱着那个人，三年来第一次哭得歇斯底里。

171

（三）密令

阳春三月，杨柳依依。

刚刚经历过一场严冬的东昭，春光初至，万物复兴。数月前令人瞩目的那场夺嫡之争，最终以年仅十二岁的四皇子晏彦登上大位，太后辅政落幕。而与商洛的那场战役，终归惨败，商洛不仅夺去二十年前割给东昭的十座城池，还乘胜攻占了十座城池方才罢休。

于是这个春日，东昭都城随处可闻鄙夷商洛乘人之危的讨伐之声，也有对新帝能否在太后辅佐下治理好朝政的质疑声。

至于三个月前的那场变故，突然被刺的先皇，无故失踪的长宁公主、一夜被破的东昭皇宫，甚少有人提及，或者说，甚少有人敢提及。

"少主，一切已打点妥当，傍晚便可照计划出发。"白伶眨着水灵的大眼，上前给慕白倒了杯茶水。

慕白微微颔首，睫毛略垂，扇子般好看。

白穆正在一旁收拾衣物，回头见慕白举杯喝茶，几步走到他身前，拿下茶杯："白伶，茶水是早晨的，有些凉了。"

白伶吐了吐舌头："那我去换。"

"不必了。"慕白说着，拉白穆在他身旁坐下，微微笑道，"我的身子已无大碍，一杯凉茶还是喝得起的。"

白穆像没听见他的话，将茶杯放得远远的，再将茶壶放得远远的。

白伶见状，"扑哧"一笑。

放得再远也还在桌上，少主要拿也轻而易举。

慕白却不再在意茶水，问道："白伶，让你们找的人可曾找到？"

白伶忙点头道："找到了，今早刚刚接到对面厢房住着呢。"

慕白转而对着白穆笑道："带你去见一个人。"

白穆眉头微微一蹙，被慕白拉着出了门。

白伶在身后跟着，见到两个人握着的手，不由得笑容满面，但瞥见慕白空荡荡的左袖，眼圈又是一红。

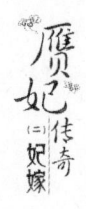

三个月前东昭那场十年罕见的大雪，下了三个日夜。皇宫在这场雪后变了主子，东昭在这场雪后，失了二十座城池，而白子洲在这场雪后，差点儿没了少主。

他们赶去都城外那座毫不起眼的小山时，并未料到真会在那里找到慕白和白穆。山虽不高，却地形复杂，各处大小山洞数之不尽，那场雪覆盖了山路，也盖住了原本的地貌，四下都是白茫茫一片，极容易在其中走失，他们徘徊了一个日夜仍旧在打转，未能搜遍那座山头的山洞。

直至在茫茫大雪中见到白穆的身影。

她本是穿着浅绿色的衣裳，那时候却被染作鲜红，在雪地里犹如一朵肆意绽放的火红莲花，踩着及膝的雪一步步地出现在他们眼中。

看到他们跪在身前，她也不错愕，苍白的脸上还有血迹未擦去，静静地瞥过他们一眼便让他们跟着她。

她来时的足迹已被大雪淹没，七弯八拐的山路她却走得极为迅速，顺利地带他们到了一处山洞前。

接着他们看到了山洞里的慕白。

他们一行五人，五个男子见状都吓得面色惨白，几乎哽咽出声，不知该如何动作。只有白穆极为镇静地问他们身上都带了什么药，是否带了水，谁的功力更深厚些，给慕白输内力续气。

那时没有人敢上前，不知慕白是生是死，也无人敢去探究眼前状况的缘由，只怔怔地看着白穆从他们拿出的药里筛选出一些，喂慕白服下，捋顺他的发，擦掉沾在他面上的雪花，回首看他们，眸子里素寡得瞧不见任何颜色，淡淡地说："他不会死。"

慕白的确没有死。

白穆本就有着旧疾的身子，在那样极冷的雪后竟然没有倒下。她沉着而冷静地亲自给慕白处理伤口，号脉开方，有条不紊地告诉众人，哪些药需得回白子洲速速取来，哪些药可以就近去采，哪些药就地便可以买到。

他怕她难过，身体熬不住，特地让回白子洲的人带来白芷。结果似乎是他多心了，白穆照顾慕白的同时，也给自己开方，每日按时吃饭喝药休息，白芷过来之后反而每日无所事事。

好在当时他们及时赶到，白子洲的奇药多，慕白本身的功力又深厚，再加上白穆精心学了三年的医术，慕白的身子奇迹般的好转了。

只除了少了一只手臂。

第十章 真假妃嫁

白伶想到这里，又是止不住地难过。

他自小崇拜到大的少主，要模样有模样，要气度有气度，要脾气有脾气，擅毒会医武功高强，世间几人能及？偏偏少了一只手臂，如何不让人心疼？

白伶叹了口气，随即自我安慰道，至少他还活着。

不仅活着，还与少夫人的感情越来越好，今日他们便要回白子洲了！

白伶如此想着，心里又有些庆幸，塞翁失马焉知非福？少主病重期间，少夫人不仅亲自照顾他，还开始打理白子洲的大小要事了。

白伶所指的对面厢房，与他们所处的偏厅还有些距离，白穆不由得问道："你要带我见谁？"

慕白浅浅一笑："此前我在东昭天牢中无意与他结识，当时便想带他见你，奈何皇宫情势紧张，我不便带他出去，本想回白子洲之后再让人带他见你，哪知又横生枝节。待回来时新帝登基，大赦天下，他已不在天牢中，花了些心思，近日才找到。"

白穆闻言更是好奇，有哪个她想见的人，值得慕白花这么多心思去找？

"你先进去吧，我和白伶再去准备些回去的东西。"正好两个人到了门口。

白穆颔首，微笑着目送他离去，转而敲了敲房门。

"谁啊？"

白穆一听那个人的声音，便是一愣。

"谁啊？"那个人开门，见到白穆，也是一愣。

上次变故后，他们本就住得隐蔽，因此白穆没再用人皮面具扮作白芷。

"穆儿？"那人诧异道。

白穆望着眼前人，竟恍如隔世。

"柴伯伯？"

居然是从小看着她长大的大夫柴福。白家村唯一不姓白的人，也是白家村唯一的大夫。

"穆儿，真的是你！"柴福年近五旬，头发花白，却精神奕奕，一见到是白穆，两颊便惊喜得红润起来，拉着白穆入房，一面道，"穆儿，这些年你去了哪里？你爹娘呢？你怎的瘦了这么多？是不是白老头子又罚你不准吃饭了？"

白穆的眼底已然酸涩。

"还有阿不呢？那时候你们不是说要成亲的？该不是白老头子又棒打鸳鸯了吧？"柴福心疼地打量着白穆。

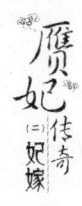

柴福与白穆是邻居，两家关系素来交好。当初白穆捡回重伤的商少君，多亏柴福医术高明才勉强救回来。她带着商少君偷偷跑到商都去的时候，还是找柴福借的银两。

白穆没有回答柴福一连串的问题，只微微笑道："柴伯伯近年过得可好？怎么到东昭来了？"

柴福见白穆笑，却莫名心疼得紧，也不多问了，答道："前阵子东昭皇帝病重，在民间四处招揽大夫，我便起了心思来试一试，哪知……我说他是自己暗中没服药病情才恶化，便被扔到大牢里了。"

难怪慕白会在天牢里遇到他。

白穆扶他在她身边坐下："白家村可还好？"

她的印象里，长到十五岁，也不怎么见柴福出村的。一来那里地处偏僻，出去一趟不太容易；二来柴福在那里生活了几十年，每次说要出去玩几日再回来，最后都不了了之。

"唉……"柴福叹了口气，面上的红润退去一些，"村子倒是还好，只是再也不敢回去了。"

"怎么了？"白穆问道。

"我们那小地方，几百年都难得有个外人进村。"柴福眉头紧蹙，"三年前也不知为何，一夜之间突然来了一批黑衣人。"

白穆心下一顿。

"别紧张。"柴福拍了拍她的手，"他们长得倒是凶神恶煞，各个身手利落，却莫名其妙地给了每家每户大量银两，分别送大家伙离开，并称想要保住性命，日后必不可再踏入这个村子半步，有多远走多远。"

柴福叹了口气："从那之后村子便散了，我带着你柴伯母离开，也不敢再回去。不过……"

柴福蹙眉道："我无意中瞧见那个人身上的腰牌，恐怕……是宫里人。穆儿，这些年你到底去了哪里？为何也到了东昭？"

白穆只是垂着眼，并不言语。半晌，她才抬眼笑道："柴伯伯，这些年我过得很好，马上就要成亲了呢。"

柴福闻言一喜："是和阿不吗？怎么没瞧见他？"

白穆仍是笑着，微微摇头："阿不有他自己的生活。"

柴福见白穆眉眼间比从前清明许多，显然不再是从前那个迷糊的小丫头，神态

第十章
真假妃嫁

无喜无悲，娴静大方，虽是好奇，也不太好继续问下去，只欣慰笑道："那也好，那也好。"

送别柴福后，推迟三个月的归期，终于到来。

海面辽阔，寂静深沉，天空湛蓝，万里无云。

自慕白重伤，白穆便开始接手白子洲的一众事务，实在有什么不懂，便趁他清醒的时候问一问，三个月下来，所有事情众人都会事先问过白穆，经她筛过，再问慕白。

这日她整理好送来的各国消息，走出船舱时正好见到海天一色，满眼的湛蓝下，一袭白衣轻扬，犹如飘游在天际的云朵。

慕白立在船头，一手负后，另一只长袖束在腰上，白穆眸光一闪，便走了过去。

慕白正眯眼看着前方海面，面色虽仍有些苍白，比起之前却好了许多，只是近来消瘦，原本完美的轮廓稍稍下陷了一些，整个人看来更显寡淡。瞥见白穆过来，慕白微微一笑。

"风大，进去吧。"白穆拿起一旁被他取下的大氅，仰首替他披上。

"我的身子即便未愈，也是比你好的。"慕白笑着，将大氅解下，欲要给白穆披上，奈何只有一只手，大氅很快滑下。

白穆连忙将它扶上肩头，慕白倒也不尴尬，转而抬手将白穆的发拨到耳后。

"你真的决定娶我？"白穆突然问道。

"你真的决定嫁我？"慕白莞尔一笑。

"我曾嫁过他人。"白穆垂眼。

"我少了一只手臂。"慕白侧目。

"或许我不敢再像从前那样不顾一切地爱一个人。"白穆对上他的眸子。

"我也没有那么喜欢你。救你只是为了白子洲而已。"慕白笑意满满，眸光点点。

白穆无奈地看着他。

慕白眸光一柔，伸手将白穆揽入怀中："你嫁过人，我缺只手；你不太爱我，我亦不太喜欢你；你叫白穆，我叫慕白，天生一对当如是。"

白穆靠在他怀里，不由得轻笑，透过脸颊的温暖却氤氲了眼眶。

桃花灼灼，万物复苏的时节，白子洲一道密令传遍五国，"少主大婚，速速归岛"。这条密令被人封上蜡，以密信的方式递上商洛金銮殿的时候，正值春雨迷蒙，浇落了皇宫院落里一树的姹紫嫣红。

——本季完——

意林·轻文库　让你天天开心

"当少女心路过小青春"主题书展

小轻团队温暖寄语：亲爱的小读者们，通过多年倾心打造，"轻文库"旗下的图书品类越来越多啦！这次为你们展出的，是小近期最为火热的畅销作品，每一本都不容错过！愿你们美丽的青春时代不被时光辜负，愿我能一起品味文学的魅力！特此奉上！

A区　倒影青春·热卖主题

《辰荒学院的美少年①、②》　　《绯色樱花圆梦纪①、②》　　《世界第一的女王陛下②·名门贵女》

B区　萌萌部落·Q萌古风主题

《我的江湖，不可能这么萌①》　　《听说萌仙未满级①》　　《皇城第一偶像天团》

C区　绘梦巨献·宏大古风主题

 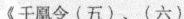   

《千凰令（五）、（六）》　　《凤九卿（五）、（六）》　　《散财皇妃》　　《凤诀歌（一）》

D区　心若浮光·心动主题

《星光"公主"的水晶时代①》　　《青柠时代Ⅲ》　　《折星时代Ⅰ》　　《微甜少女触心记①》

私人定制少女馆全新力作——
《琅玕馆：浮生十二愿(上)》
唯美上市！再现经典！

**一间神秘的琅玕画馆，
一部唯美的妖兽传奇！**

麒麟、蝶姬、丹鱼、狐妖，
每只画中灵兽，
为你所用，许你所求，给你所愿！
亲情、爱情、家国、抉择，
许一段玲珑愿，
不问前程，不畏将来，不改初心！

随书附赠：
《浮生录：梦计划の手札》日程本

心动分享价：
25.80元/本

**意林·轻文库
私人定制少女馆**

为每一个女孩私人定制的甜美故事，
为每一段青春定制最独特的风景，
让"私人定制少女馆"陪你去寻找另一个时空里
专属你的独家传奇吧！

超值回馈价：
25.00元/本

《恋恋星煌十二宫》 《守护十二生辰石》

随书附赠　《星月夜·治愈系的浪漫》大开本唯美手札
　　　　　《卷珠帘·糖果色的温暖》大开本浪漫甜美手札

> 昨夜雨疏风骤，浓睡不消残酒。
> 试问卷帘人，却道海棠依旧。
> 知否，知否？应是绿肥红瘦。
>
> ——李清照【如梦令】

折桂令·春情

【元】徐再思

平生不会相思,才会相思,便害相思。身似浮云,心如飞絮,气若游丝。空一缕馀香在此,盼千金游子何之。证候来时,正是何时?灯半昏时,月半明时。

暮秋独游曲江

【唐】李商隐

荷叶生时春恨生,
荷叶枯时秋恨成。
深知身在情长在,
怅望江头江水声。

山花子·风絮飘残已化萍

【清】纳兰性德

风絮飘残已化萍,
泥莲刚倩藕丝萦。
珍重别拈香一瓣,
记前生。

人到情多情转薄,
而今真个不多情。
又到断肠回首处,
泪偷零。

减字浣溪沙·听歌有感

【清】况周颐

惜起残红泪满衣,
它生莫作有情痴,
天地无处着相思。

花若再开非故树,
云能暂驻亦哀丝,
不成消遣只成悲。

飞花轻若梦，无边丝雨细如愁。
飞花多情，三生痴缠，只为你回眸的刹那芳华。
【引】
回首处，尘缘如花。

三十五 冬【零】

明目张胆,集五洲风云与
已身,敢问苍生何处?
吾皇万岁万万岁!